在那遥远的去处

肖芳◎著

漓江出版社
·桂林·

图书在版编目（CIP）数据

在那遥远的去处 / 肖芳著. -- 桂林 : 漓江出版社, 2024. 8. -- ISBN 978-7-5407-9982-3

Ⅰ. I227

中国国家版本馆 CIP 数据核字第 2024HY7712 号

在那遥远的去处
ZAI NA YAOYUAN DE QUCHU

作　　者　肖　芳

出 版 人　刘迪才
出版统筹　文龙玉
责任编辑　宗珊珊
特邀编辑　郑子龙
装帧设计　大粤文化
责任监印　黄菲菲

出版发行　漓江出版社有限公司
社　　址　广西桂林市南环路 22 号
邮　　编　541002
发行电话　010-85891290　0773-2582200
邮购热线　0773-2582200
网　　址　www.lijiangbooks.com
微信公众号　lijiangpress

印　　制　武汉怡皓佳印务有限公司
开　　本　880 mm×1230 mm　1/32
印　　张　7.25
字　　数　151 千字
版　　次　2024 年 8 月第 1 版
印　　次　2024 年 8 月第 1 次印刷
书　　号　ISBN 978-7-5407-9982-3
定　　价　69.00 元

序

所有的事物都很轻

百定安

每天一大早，肖芳，也就是这本诗集的作者，和她的男人（她在诗中总是这样称呼老公）驱车 20 余公里从城里来到滨港沙田，经营他们那家规模并不算大的木材厂。一天结束，又披星戴月回到他们在市区的家。这中间的一整天，就是一个企业主陀螺一样旋转地工作：从公司日常运作、资金筹措周转，再到劳资纠纷和应付各种检查，努力奔赴，避免她家的这只小船在困窘的经济大海上下沉。严格来讲，这样日复一日的生活不免单调乏味，与所谓诗意的栖居确实格格不入，尤其近几年更是不易。

当然，作为局外人，我们可以浪漫地将木材厂里或散落或堆叠的木材，设想为一首又一首长短不一的自由诗，也可以将一棵树加工成一条条板材的过程，看作一行行诗句的重组与转化。但木材是实在的物质，它需要经过加工与贸易的转换，才能成为产品、商品。所以，一个企业经营者，必须是实实在在的物质主义者。她要写诗，也会更加倾向于眼见为实的现实主义写作。

肖芳一家在东莞这些年的生活，一直平平仄仄。别无选择，要么主动进入，要么被动陷入。总之，必须像一根木头那样保有坚实的质地，并且在任何情况下尽力做一根有想法的木头。这中间，他们从东莞厚街的鹿港小镇，到沙田，再到南城西平，居所历经数次迁徙，企业几经起伏最终稳定下来。

这些都是肖芳的诗告诉我们的。可以肯定，她的诗与她的生活始终处于互证的关系之中。她的作品既是独特的个人经验史，也是时间与精神事实的证据。但若仅仅止步于这种写真，那她还不能完全配得上诗人这一称号，因为日常的物化的生活，只有经过诗艺的冶炼，才能成为真正有意味的现实写照。因此，越是现实的诗，越要跳出眼前的实在性，从琐屑的生活形态中超拔出来，并与之形成一定的疏离，才能以俯瞰、旁观、回望的视角，精神性地进入自己的写作。

肖芳喜欢旅游，并随时以诗记录下自己的所见所闻、所思所念。她喜欢回望，回到自己的出生地，在那里，在亲切的关系中，寻找精神的慰藉；她和她的男人相亲相爱，并将这种爱写到义无反顾，海枯石烂。虽然其题材偏于传统，表现手法还缺少一些现代性的思考，但是最终她的真、超越，战胜了修辞，且弥补了修辞自身带来的部分缺陷。这些题材拓展了一个企业经营者的写作疆域，进入了她所说的“辽阔的故事”。

从诗的表现方式看，她那些看似客观的描述背后，潜藏着强烈的主观任意和表现冲动。她指向大众的地方，要远少于指向一个人的倾诉。这种独白（自）式写作，有时因为某种表达欲而显得仓促絮叨，还没有完全以修辞找到归拢自己的方法。例如，一些诗头重脚轻、重心不稳，一些诗句喷薄而出但又缺少余响。要知道，诗歌中有生命力的叙述，必能衍生出某些抒情的质地。而她诗中的可贵之处，是有着充沛绵密的细节。这些近乎小说笔法的情景与心理描写，更能引起我们的共情。她的语言，有时简白到了仿佛未经修剪过的意识流状态。这有时给她带来好处，有时又稀释了她写作的纯度。写作是一个不断打磨的过程，也是一个砍削臃赘词句的过程。因为，诗的简洁性要求诗人使用与之匹配的简洁语言。

肖芳的这本诗集，收录的大都是近几年的作品，而题材又主要围绕自己的个人生活。那些难以忘怀的事件和经历，如此深刻地镌刻在其内心，通过诗人的过滤，又能透出某种普遍的公共意识。她写大自然给她的各种启迪，写旅途中的天马行空，写地理也写心目中的故乡风物人情，表达对农业文明的热爱与眷恋，情动于心而发于声，抒情意味浓，不足之处在于偏于感性和直觉，常常给人以接近内核而又却步不前的感觉。词语的半径往往取决于精神的半径。表达如同挖掘，必须通过自我拓展，加大、加深也加强个人的写作力。而且一首诗的生成，要更加注重修辞考量，尽力消除那些顺手而舒适的惯性，避免片段、刹那、记录式、浅表性写作。

肖芳有一个令人羡慕的幸福家庭。每当她的笔触进入这一题材，一个小女人就出现了。玫瑰色的词语，梦一般地黏合在一起，时而温存，时而奔流，干净、热烈、坚定。譬如她在《情话》一诗中写道：

我和你
就像一道河睡在另一道河里
永远，永远

而在另外一首非情诗的诗里，我们也可以将下列句子同时理解为爱的独白，她说，她要：

写下我的如梦令
装点你的念奴娇

这样的诗占了她作品的很大篇幅，可知她的生活在柴米油盐之外有一种窄巷里的温暖：

我没有颜如玉
我的黄金屋就是每天阳光盛开的厨房
我的心和身在一起
三餐四季。土了吧唧

这两个形影不离的人啊，什么时候都像两棵橡树那样站着，什么时候都像平仄那样相互咬合着。快乐时咬合着，困顿时也咬合着，一个人的经历就是两个人的经历。特别是她对于夫妻二人困居额济纳与包头期间的那些日记式的诗化记录，从一个侧面表现了他们在困顿时期不自由的身体与自由灵魂的冲突。也因为这种冲突，这一时期的诗，比以往的诗写得更加深刻。这便是独处、静思、忧惧与深刻之间的关系吧。

我宁愿说，紫贝壳写诗，一如肖芳打理她的公司，处处带有“经营”的性质。这两种经营之间，需要一种智慧的转化。她是如何将脑海中的数字、资本、物化的思维，调整到精神的、语言的、超验的写作状态，而又在写作时，将肖芳转换成紫贝壳，其中的变化术很是令人好奇。因为这过程确乎要有一种很强的克服与跳脱能力。毫无疑问，生性浪漫的诗人紫贝壳是有诗歌理想的。这就意味着，她今后，应该在阅读能力、认知能力、写作角度，在视野的宏阔与写作的纯粹性等方面，继续努力，不断突破，走向新我。

（百定安，诗人，作家，评论家，译者。中国作家协会会员，中国散文学会理事，中国诗歌学会会员。）

目录

鹿港小镇

风总是从心窝里吹起来
老人接了散学的孩童
五颜六色的倦鸟归巢
黄昏的魅力像涨潮
浪花追逐在深深浅浅的时光里
延伸着，木板桥尽头守望的亭
一千多个日子，看潮起潮落
今晚，像往常一样走过
这里，将是要别离

六栋入口的鸡蛋花树
初见时才比乐乐高一头
如今已长到第三层
一花一叶
我们走过你拔节的时节
你也见证我们的沧海桑田

池塘边
垂柳柔柔的

一串串结满绿色的心思密码
缠绵　在风里
在雨中
每一次见你
是那不经意的嘴角上扬
或者只望你一眼
心就舒展到骨髓里

周末的雨天
把思绪搁在十七楼的阳台
伸出手
记忆就被浣洗得清澈透明
当朝阳倾洒在池塘林荫
在池边玩转的童真
捞起一只探头吸吮阳光的乌龟
我也曾像个孩子似的雀跃欣喜

那些丰满的日子
我随乡下来的母亲
漫步清晨黄昏
谈论土地收成
还有那个忧伤的夜晚
我抱着鹅卵石边的大王椰树低泣

啊　鹿港小镇
你是漂泊途中的第一个港湾
你是游子当年最渴望的家
你抚平了一颗胆怯又卑微的心
温暖了一个羽翼未丰的家庭
由心脏及腹地
已无法触摸嵌入你血液的青春
我依然渴望
紧紧攥住那些年笑中含泪的脚印

啊　鹿港小镇
又一个仲秋微凉的夜
我独倚花园小亭
沐浴在楼宇间丰腴的灯火里
任风吹散陈年往事
耳边响起孩子稚嫩的声音
妈妈，我们以后不要再搬家了
是的，我们拥有自己的家了

春天诗

一

二月。埋藏一冬的种子，土地
雨雪肆意蹂躏的念想，枯枝，陈腐的根
都在工厂、企业、商铺起伏的鞭炮声里苏醒
顽强地吸吮裸露的元气
我在阳光清新的考勤里等待
南来北往的火车，汽车。脚步
比桃李开落的节奏悦耳
他们是
粤北的大姐夫妇
四川的幺妹伢子
湘西的土家母子
我的七〇后八〇后九〇后兄弟姐妹
他们都是春的使者
我在东莞港高铁桥下的工厂
轻轻地掀起木材机器上冬的尘埃
和你们一起展开 2016 年的春天

二

周末。把身体里慵懒的细胞击碎
把一周的工作烦恼打包
把新闻坊间之传统行业的流言预言打包
不要把它们种在三月的春雨阳光里
要把它们系在孩子放风筝的眼神里
枕一帘大王棕和紫玉兰的香甜
让一再逾期的货款，飘忽不定的订单，木业厂老板的叹息
随着植物园欢乐的奔跑越来越高
越来越遥远

三

冬天没有背叛春的魅
只因春天恋着冬的眉
相遇在烟雨里
只为邂逅比三月女人更甜的古梅西园
你遇见的每一枚味蕾，她神秘又新鲜
却更似一位大众情人
在一方水乡
用独特的魅力拥你入怀

上周的华阳湖
扎小辫儿穿白裙的姑娘
光脚丫追蒲公英的小孩儿

草地上闭目养神的帐篷
天空悠哉悠哉的心事
我骑自行车绕湖
任林间桃红李跃
小道柳杏妖娆
只恋上你湖心的倩影
像心爱的人一样年轻

赣西老家

琉璃瓦，雕花梁柱，庭中双龙戏珠
逾古稀的爹娘
弯了腰，却分明挺直了脊梁
人前人后眯了眼，却合不拢嘴
进屋坐，吃口茶，有泡饼，捺菜，南瓜干
翠绿一直伸展到东莞的大街小巷
爹娘眼神里的灶火，旺了又旺
那时，说起回家过年，娘的厨房在心里冒着热气，老土地的
　香气也沸腾了

岁月有情，也无情
清明。寻找绿意
印在心坎的灶火煮的尽是静止的往事
爹娘睡在屋后延绵的青山深处
那是一块风水宝地，日照长，爹娘四季很温暖
雨露阳光，野茅秆拦住了上山路
却步遥望
叔伯兄弟一起种下的柏树苍劲生长
映山红星星点点

开了的似活蹦乱跳的孩童
含苞的如邻家的新嫁娘

屋门口再也没有期盼的目光
灶台再也没有香喷喷的声响
屋围青苔遍地
门前的井枯了
鼠啃坏了柱子上的电线，电也断了
鸟儿衔了不知名的种子
墙隙生出一棵树，长了五尺高
枝叶攀上阳台来，沐浴尘迹斑斑的窗
光影里鸟粪斑驳，新一层，旧一层
花园残了的储水缸，或是昨日雨水，浸泡着一些枯枝败叶
黑得叫人心慌

啊，房子！
十几年前村庄最气派的宅子
我们信念的根
多么需要炊烟的温暖
而彼时，我们却无暇拾掇
家，在流逝中一次次走远
又年关
未近乡，情已怯
敢问何处是故乡

从月色如水的夜晚开始

当诱人的粉色撩开花前月下
吻上炊烟
涂上油盐酱醋茶
迷失在伊甸园的人儿
就获得了扼杀生命的理由
无痛人流的手术台
如月光下的冰榻
昨日伤痛了多少娇颜
明日又将成全谁
一墙之外，摘花者各怀心事
孤独的女子，被赤裸摆布在一堆流动的冰器前
蒙着脸的医生和护士都是冰的导体
他们的手是巫婆从长口袋里伸出的无影爪
冰钳，冰钩子，冰匕首，很快就会沾满生命之血
在白昼的暗夜碰撞出战栗之音
无痛是虚拟的，痛，如削骨
只是思维被麻醉了
被麻醉的还有那些月色如水的夜晚
粉色丝绸被的面和里都流淌着玉软

酒香的呼吸植入每个毛孔
月色沉静在旖旎的心跳里
舌尖轻轻地融绕，如蛇舞
身体如磁石吸紧
你喘息间膨胀的力量
一寸一寸采摘。沾了毒的花瓣
在嘤语柔波里
在狂风骤雨里

生生世世

雨季，遇见一位穿白裙子的姑娘
你说，一切弱小的伟大的事物都赐予你能量要保护我
一生一世
那年，我眼里只有爱情

爱情，在城市的边缘拉锯
一起种下青春、汗珠和向日葵
走过黑暗黎明
守护一粒辽阔的米

花开蒂落
是麻醉醒后椎心的痛
你说，下辈子你当女人，我做男人
我看见完整的我，装在你湿润的眸子里

时间老去，深恋血脉里的一山一水
你说，等我们老了，你陪我一起回到故乡
生我的地方
我说，等我们老了，我只希望死在你的怀里

穿过春天去看你

一、亲情篇

那时三月，你站在自家的田埂上
与身后的油菜花海一般丰茂
你比春天美千倍
你给予我们比春天滋润万倍的乳汁
你丰盈温暖的怀抱
你天堂般宽广的脊背
你牵着我和弟弟的手在春天的山野
摘下镶满露珠的映山红和香椿芽

细雨霏霏的早春
屋前农田里紫色的草籽花迷醉了眼
屋檐下的燕窝里一只雏燕正展翅欲飞
你小心翼翼地收藏起
我远去天涯的背影
时光从你的青丝间溜走
只遗落一抹灰银

春天。春天

父亲已是屋后青山环抱中的一座墓碑
旁边住着山谷流下来的一汪清泉
叮叮咚咚夏凉冬暖
你独坐春天的庭院
一遍一遍咀嚼我们归来时的脚步声
听蚯蚓柔软的头颅撞开泥土爬动的声音
听菜园里豌豆冒芽，小路上老黄牛哞哞
屋角与我同年的杨梅树依旧枝繁叶茂
我知道，当风起叶涌
你就会把它当作我们的欢笑
妈，马谷坡的几垄地，地势险峻
请人种上树苗就好啦
木鱼坳那一片梯田
也别舍不得送给人家

妈，你听。春天又来了
我要穿过春天去看你
晨间虫鸟的低鸣
晌午阳光里破土的种子
傍晚雨敲瓦片的音符
午夜花开花落的神韵
站台上高铁延绵的节奏
都嵌满我的思念和祝福
在路上

二、爱情篇

坚固的大堤上脚步悠长
宽阔的江岸笑声闪亮
回眸时，惊起娴静的水像花儿一样
爱情宛若初醒的花苞
知了躲在榕树窝里感怀夏早
工业区的芒果树挂果了
见证一串一串的青涩
十五的月亮才崭露头角
你说，你要走了

南国的江面不结冰
风却刺骨的冷
我用力掷出一颗石子
平静的水面波光粼粼
你说，你要走了，幸好我是完整的
一颗石子　千重浪
那刻，我的内心千石翻滚
我想拥紧你　用我的心和身体
我要拥紧你　借所有风的力度

月亮圆了
苍穹之下唯我和你
爱和痛　一寸一寸

渲染了早开的红梅
和十八岁少女的纯真
我说，我现在完整了
你说，等着
你会穿过春天来看我
我抬头，寄语月
无论你在南方或北方
月儿都会升起
春天的红木棉和紫玉兰都会绽放
我，不需要承诺

月亮躲进云层，水蒙蒙的
你依然走了
不是你的赣东北老家
是更远的北方

北江大堤的春天比远方来得更早一些
大堤路被柳絮吹软了
我一路小跑追寻昨天的脚印
江水和堤岸欢快地亲吻
春天裸露的气息簇拥着
岸对面的站台上汽笛长鸣
一列来自上海的特快号
徐徐驶向了我的心脏

三、友情篇

醒在午夜或凌晨
醒在嫦娥姑娘未褪尽的春衣里
任思绪横冲直撞
从没有哪个群，让我如此牵绊
翻滚在你们的聊天记录里
身体就注入了新鲜的血液
我依然是十几岁的翩跹少年
常常嘴角上扬，笑得情不自禁

雪峰山脚下的红砖青瓦
沐浴在莲塘边，杨柳岸的风和雨里
没有油水的饭盒
陶醉在走廊尽头的嬉笑怒骂里
尘封了二十年
却时时流淌在血液里的
还有那间放飞梦想的课堂

你是否还记得
乡村停电的夜晚
校门口白杨树下，月光遗失的约定
那个夏天，风藏在小溪湾里流连
大伙儿一起逃课打水仗的狂野
学校通往各个村庄的小路上

背包里装的酸菜、稻米、青草、书本、野果，混合的味儿
飘扬在朝气的笑脸
燃烧着青春的火焰
潮起又潮落

欧溪中学九五届四十一班的四十二张笑脸
变成二十年后的“致青春”同学群
空了两个位
空，生出了无数活着的美好
触及美好，我想哭泣
我庆幸自己还能哭得无所顾忌
小凡，燕子
请允许我以这样的方式缅怀你们
天堂里没有病痛和车祸
你们安息吧
在这个春天。同学们都聚齐了
深圳闯荡的学霸三剑客
福州跑货运的东娃兄弟
远嫁北京的班花
留守故乡的警花
远渡重洋的老班长
行走在谋生或创业路上的四十颗沸腾的心脏
都听到了
故乡的根，破土生长
乡音，铿锵激昂

十八少女

十八少女，如初夏盛开
在城市的街心公园
在氤氲的湖心，荷尖
在碧嫩的粉色窗台
在妖娆的街
阳光里。霓虹下舞动的玉色藕节

夏天，如十八少女梦回故乡
行走在石榴花含苞欲放的村口
晨光沐浴，一步三回头
寻找？流连？
青青山谷里小黄牛项背渐远的铜铃声
大地母亲蕴藏一冬或滋润一春的汁液
流淌在小溪湾里的浅笑风吟
青苔绵软的雨巷，没有油纸伞
雨和少女融为一体
化作一个性感的名词叫夏天

凡人之歌

日子原来清澈如水
欲望，恋上峭壁缝隙的光
光聚于身体孕育了一枚种子
在工业转型的珠三角，东岸
在后鼎盛时代的制造王国
虔诚守护一株幼苗成长
是一场取经路上沉重的修行
人在江湖，如箭在弦上
为了机轮前每一双手和眼睛
为了机器与汗珠碰撞的每一个音符
都开花，结出一个个完整的故事
你，一如那支离弦之箭
生活的缺口越拉越长

你肩负重担，跋涉在城市的黑暗森林
你就是那轻轻拨开枝杈的带枪猎人
你必须全神贯注
林间到处都有与你一道潜行的人
我守候在每个熟透的日子里等你

一轮轮圆月落在空枕
孩子的愿望愈来愈小
小到作业本上的一次签名
小到夕阳下一个重叠的身影
小到郊外天空的两只风筝
而我，只想紧紧地拥着你
在呼吸所及的每一个午夜凌晨

恙中小情

你总是在闹钟醒来前起
因为你怕铃声扰了虚弱的人
晨曦微露里送孩子去东城的学校
归来又去虹桥菜市场
大小贩者，大小吆喝
欢跃或矜持的大小鱼
蹦跳或窥视的鸡鸭羊牛
红的黄的青的紫的脸庞
露珠滚动的绿或透绿
于你，都曾那般陌生
你努力地与之打成一片
染一身生活的味回来
你动用上万亿的脑细胞
让我的厨房在晨光里飘香
你煲的乌鸡灵芝汤
是我回味无尽的爱
而你已马不停蹄
奔走在工厂，材料市场，供应商
西平新居装修的琐碎里

我在阳光静好的屋子里
翻开你的忙碌
翻开世界的忙碌

在东莞某镇缅怀夏天

夏天在少女的帆布包里远行
走走停停。安于这个南方小镇
那年，我种下背包里的青豆和向日葵
它们是故乡捎来夏的孩子
我喜欢倚在宿舍的转角
披一缕斜阳
千里之外，风穿越蕉林
紫蝴蝶拾起狗尾巴草和野菊花的香气
一点一滴植根在我的身体

走在重叠千百回的脚印
没了蕉林弹奏
不见了夏的颜色。各种机械咆哮着
钢铁生硬地压在无数弱小生命的躯体
我触到了它们疼痛的呼吸
血，自那株被钢筋辗轧的绿色里溢出
浸染了云朵下纯洁的花瓣
挖掘机旋转着巨蟒的嘴
翻滚的黄泥是草地裸露的伤痕

遍地呻吟

路已炼成大路。高昂的风景
路延续着俗不可耐的夏天
我的眼神，穿越寂寞森林里
跳跃的笑脸，耄耋的夕阳
高挑的玉藕和超短裙
飘逸的领结和白衬衫
至于当年那些安全帽遮住的汗渍，背影
全然不知去向
我只顾惶惑而焦虑地寻找
曾经的狗尾草和向日葵

菜市场的节日

端午总是倾向于雨天
菜市场并未因雨而逊色
小贩们支起五彩斑斓的雨篷
风雨荡漾着他们脸上的欣悦
是啊，如今天下太平，雨篷是可以遮挡风雨的
头戴斗笠坐矮板凳的阿翁阿婆
就地铺垫一张塑料薄膜
蔬菜瓜果一溜儿摆开，滴着水
阿公一提杆秤，手上的老茧就舒展开了
阿婆眯眼微笑，苦瓜四块钱一斤，番茄五块钱一斤
荔枝刚刚好，青里透红
青涩是行走着的收获，熟透的是岭南乡情
我的乡情更倾情于水果摊上那乌黑发亮的杨梅
那酸酸甜甜，是烙在骨头里的故乡和童年
卖蒸粽子的是一位中年妇人
粽叶的清香让我驻足在她的摊前
她刚接完一通电话
左边卖干货和右边卖粮油的都投来羡慕的目光
四周洋溢着幸福的滋味

我猜，电话一定是她的孩子打来的
她的孩子是今天的高考生？北漂？
一位赶早市的阿姨，肩扛手提，满满的
雨滴滴答答淋湿了她的背影
我想起了千里之外的母亲

致厚街诗社

如果岭南是一棵荔枝树
厚街则是一枚成熟的果
稻田矗立楼宇，是你由青变红的外衣
工业书写文明，是你玲珑圆润的曲线
在你的身体注入诗的荷尔蒙
你的味道将更醇香、迷人
今夜，五千年的灯火照耀会展东路
屈原在汨罗江洗净忧思，古老的沧桑隐在欣然背后，满怀期待
李白身披云霞，乘一叶扁舟，从如诗如画的盛唐走来
辛弃疾采一轮西江月，献给我们的东江水
醉了你，也醉了我
让我们再吟一遍李清照的千古绝唱
让我们火热的心去抚摸
五千年的风和雨
历朝诗人的侠骨柔情
圆明园触及生疼的夕阳
日寇暴行下滴血的红土地
诗人食指[①]在蜘蛛网，灰烬的余烟，枯藤中

①食指：本名郭路生，中国朦胧诗代表人物。

以生命的力量写下的《相信未来》
啊！我们年轻，我们自由，我们拥有
炊烟和阳光
你的流淌在渔舟上的南国
我的植根在黄土坡的北疆
都聚在一起
我们的梦想会发光
今夜，凤凰花迷醉了东莞的大街小巷
唯南溪路口这一树璀璨妖娆
乘上会展中心上空几颗不安分的星星
在厚街，我以故乡的名义
以一款鞋样，一方木材，一件展品，一缕霓虹
……
写下我的如梦令
装点你的念奴娇

朋友圈的风花雪月

一

圈在村口那棵根须纵横的老榕树底
在张伯李婶家的篱笆院子
在沐着月光的葡萄架下
打着赤膊或挽着裤腿的大伯叔子，喂奶的翠花
纳布鞋的福婶，他们坐在四只矮脚的长木凳上
汗渍斑斑的锄头扁担，滚着泥巴牛粪的簸箕犁铧
在磨得透亮的青石板上歇脚
一杆旱烟一把蒲扇打捞一段饱饭时光
他们聊天。天空的天
聊季节里的风和雨水
他们说地。土地，田园
他们也开玩笑。隔壁嫂子的屁股大会生娃
还乱点鸳鸯撮合邻家的姑娘和小伙儿
他们也红脸。二叔家的牛糟蹋了三婶田里的禾苗
张家的狗叼了李家的鸡
花婶家的调皮小子摘了王婆园子的瓜，捣了小明家屋梁上
　的燕子窝
朋友圈就鸡飞狗跳一阵

他们也互动。面对面
今天你来了，说借我家的镰刀
明天他来了，说请你家的公猪
爹娘的朋友圈生长鸡鸭，牛羊，稻穗，麦芒
地丘丘，田埂埂走一遭，从不缺少点赞

二

我们的朋友圈
圈在一个叫手机的怪物里
半个巴掌大，豆腐块儿大
住着成千上万人
睁开眼就是
你在我的朋友圈
我在你的朋友圈
老朋友没事半年不聊一句
新朋友发个笑脸握个手就妥善
有的人穿什么内裤我们都知道了
我们却没有说过半句话
互动最勤就是请你帮我点个赞
或是关注一下我的这和那
朋友圈打造天下美食，旅游，热闻，心灵鸡汤，地球和星球制造
朋友圈一天比一天丰满
内心一天比一天荒凉

朋友啊朋友，且把我们朋友圈
当作一起种下的庄稼
不论长相收成
只要是一分耕耘一分希望
我们就欣欣然接受它

路灯下的空椅子

月上三竿
我从火火的阳台转到小区花园
圆头路灯的光透过树叶洒在微风里
一棵鸡蛋花树下
一张椅子空着
空，黑色的铁，泛着光的铁
都滋生出沁凉
把心和身体都贴上去
脚下的路却空不住
遛狗的少妇，跳广场舞的阿姨，捉迷藏的孩子
他们经过我的身旁
我希望他们不要打扰我的空
我希望我身下的椅子，我头顶的路灯都是隐形的
它们好像读懂了我的心事
风一样匆匆
我舒心地享受
风里吹来一缕香，高跟鞋，白腿
近了，更近了
天，她坐在了椅子的另一头

气温在我的心头如水银温度计度数直线升起
我恼火她的侵入
一抬头瞥见她白白的脸上，满是霜花
空气凝固了一会儿
是的，她更需要这张空椅子
我轻轻地起身
我多么希望，走过的人们都是隐形的
千万别惊扰了她

我陪母亲走西口

八百里秦川之上
嘶哑或高亢的秦腔
在漫天黄沙里旋绕
小时候，妈妈唱《走西口》
她的眼神里，藏着一个人在倾听
我听着《走西口》长大
生活却一路向南

离小区不远的面食店
拉面的是位西北人
他指着墙上相框里的老照片说
他拉的面是有灵魂的
他的根在南方
一个面团在他手里，左拿右捏
方，圆，曲，直。行云流水
他每一次拉面
都像是在回首一段人生
一碗滚着红油的肉酱子面摆在桌上
北方的粗犷和南方的细腻都洋溢开来

母亲一辈子出门最远的地方
就是从湘西那个山坳来到南方以南的小镇上
当炊烟在黄昏里缠绵
“哥哥你走西口，小妹妹我实在难留”
我决定陪母亲出趟远门
出了门，向左再向右
还是这一间面食店
师傅正在手把手教拉面条
小伙儿手臂肌肉随面条起舞
母亲终于瞧见了墙上的老照片
原来，唱《走西口》的人
用一生守候绝美的爱情

路 · 伤

头顶着巨大的锅底
雨如浓墨
从两边伞盖般密集的树荫倾泻
所有的声音风一样旋转
绿头卡车的轮胎植入路的伤。侧翻的铁制品满地呻吟
轻于蝉翼的自行车飞起来，又躺下
发白的钢圈在雨里惶然
更多的行人
只见到离自行车几米远的一摊血
两只散开的女拖鞋
鞋子的主人或者不是别人的女儿、妻子、母亲。她只属于自己
只有某个生硬的工位正空着，也罢
路在呼喊
路也很疼
路千疮百孔
再路过。昨日的路坑已经填满
旁边躺着一堆新鲜的纸灰
风一吹，飞飞扬扬的
似星星点点的光亮
照耀着路上大大小小的伤

走过·厚街

一、走过康乐南路

仰望
英姿飒爽的绅士
怎样的女子才能与之匹配
寻找。从这里出发吧
步履轻盈　向前
窈窕婀娜的女人
魅力小溪一样流
行人云雾一样密
她用时间和汗水酝酿
街的风韵，鲜花的浪漫，珠宝的华丽
斑斓的流动贩摊
写字画的北京汉，绣手工的云南姐
卖扎染、丸子、鲜果汁的大学生
一路缤纷　向前
年轻的姑娘从四季里走来
新疆老小的摊前亮起一串一串希望
城管路过烧烤摊阳光满面
空气里飘扬着和谐的种子
祝福比烤肉串的炭火更旺

二、走过松山公园

曲径延绵
延绵着昨天。延绵着
绿树　鲜花　台阶　将军的容颜
一群白鸽从云朵边飞来
相互簇拥，敬礼，鞠躬
白羽翼点缀黄色的花朵
蝴蝶扑腾美丽的翅膀
落在苍翠的柏树上
大柏树牵引小柏树
朝着阳光有力地生长
手捧赤诚，庄严和敬畏
此刻，你打开耳朵
就能听到一棵棵树木拔节和花草的呼吸
鸟儿来到这里都飞得很低很低
将军的身姿挺拔面容厚重
他站在这里　永远
指引着厚街的脚步

三、走过鳌台书院

一位鹤发老人
历经风雨锤炼
仍然以顽强的生命力和饱满的热情
接纳所有人事

浮躁的风
纯洁的花
虔诚的雪
彷徨的月
在这里洗涤，过滤，烹调，成熟
石壁上生动的故事
以百年礼仪和智慧鞭策着厚街
一窝雏燕孕育着春天的气息
池塘里几对儿鸳鸯形影相依
鱼和鸟都彬彬有礼
生怕惊扰了这位德高望重的仙人

西平第一天

早晨五点一刻
是风水先生拟好的时辰
从鹿港小镇到西平
是港口大道植入东莞大道的历程
越过大道两旁的绿
身后隐现，水乡的水塔和更远处
南丫大桥两侧的沙厂
沙厂的沙，与我的记忆一样厚重
与我的记忆一样随风扬起
我，过去和未来的沙海一粒

西平的每一个花园都漾在晨曦里
当旅行者走进这片新巢
鸟鸣逐渐清晰
打开门，把柴米油盐置入一个新的角度
生活又迈上了一个台阶
西平未来市场
字眼多么热切
走进去才发现

这里没有虹桥市场的鸡飞鱼跃
葱和辣椒也在空气里交替陌生的眼

十字路口向左或向右
这一座眉眼分明的四方城
每一面都写着家乐福
七八年前进去过一次
而今走了几圈
我竟然在这个大观园外迷了路
耳边忽然响起孩子稚嫩的声音
我们为什么要搬家呢

石礅上的团聚

傍晚经过一个公交站台
路灯下石礅上
他们背对路面，并肩而坐
一面低语一面翻看手机里的照片
空气很浮躁，他们很恬静
我返回的时候
他们还在
依然并肩坐着。私语，翻照片
车辆来往，行人上落
如行云流水，各自远去
他们像是两条流水线上汇集的点
共同支起一片风景
不在牡丹花开的公园里
不在咖啡厅，不在电影院
就在这里
他们就好像站台的一幅画
他们手机照片上一对儿可爱的儿女，笑着
一个家庭正在团聚
除了温暖的灯光

其他的声响与他们无关
站台上空
满树合欢花挨挨挤挤
给无数夜的眼睛镶满光华

小镇，我又来了

摇下车窗，我就融入了这熟悉的气味
每一次来，我都只拾掇一点点
衣柜里的行头
书架上的言语
空气中的尘埃
我舍不得将它们打包
甚至不忍碰触
我生怕这一动
惊扰了那些风干的那么美好的华年
就算我忽略这里
低处的一草一木一花一叶
高处的云和烟
然而当我打开一扇门
经由过道来到卧室
我的眼前
碧玉纱帐里呈现一片海，翻滚着浪花的海
一片月色，残缺的、圆的月
时光里恬静的双人枕头，丝质被子
都珍藏了我的呓语、呻吟和欢笑

海面上的层层皱褶
每一个皱褶都记录着会呼吸的字符
柔和的风从南窗吹进来
我的心就要融化了

无眠曲

这个东莞第一社区的半空
夜半也蛙鸣聒噪
我沿着这熟悉的音律轻车熟路
回到鹿港小镇
又是三月
水从天花板、玻璃和柚木柜体深深浅浅的纹路里一直往下滴
流经你的酒杯，我的思维
像生活一样潮起潮落
从柴米油盐的琐碎挤出来
我更向往晴天
晴天就变得多起来
阳光溢满呼吸的时候
我把体香盈盈的细软
都搬到阳台上
浓郁的味道就跳到阳光里去了
透过小镇的花园
更远处是港口大道立交桥
往左是沙田，虎门港
往右植入东莞

这就是我们生活的左右
当太阳落在柳梢，云烟如乳
我把写满阳光的心情
端上餐桌
把吸满阳光的细软铺回玉色蚊帐里
我和满屋金色的影子一起
守候一个人归来

画匠

我停下来
是因为我看见她就想起
那幕环卫女工给盲人乞丐喂食
她和她穿同一种黄色工衣
她在修剪最上面一层
她的长剪刀比手臂更粗更长
她还要踮起脚，伸长手
我第一次这么认真地
看她一笔一画
听见每一段枝丫落地的声音
她转动的身影像极了她修剪的每一朵蘑菇云
当她弯下腰
一缕匍匐着的，与土地不远不近的橙黄
又让我想起一些卑微或忍辱的画面
这时，我多么希望她
身上穿的是一件绿色的工衣

她一次次地弯腰
拾起一些沉默的、丑陋的

折叠，再折叠
她身后这只斑驳的编织袋，像是魔鬼的口袋
更像是朝圣者的教堂
六月的一天
我在花园门口遇见她
她身边十七八岁的阳光男孩儿正在全神贯注地修剪灌木
阳光下，她的身上长满了锃亮的叶子，像一片片发光的羽毛
她的脸也锃亮锃亮的
比东莞地标的灯光还亮
路人们都投以羡慕和友好的目光
原来她一天天重复着
只为修饰我眼前缤纷的一幅画

无题

我们分居吧
像从前一样
我们是两个自由的个体
我们肆无忌惮地去想，做
心里想做的事情
不用顾忌对方的感觉，是怎样一种感觉啊
我说出这番话的时候
有风经过窗台
窗帘一张一合
一本摊开的书，自顾自地翻着页
我起身来到镜前，轻轻地扣上内衣
若不依靠这件内衣
镜中已没啥可瞧的
除了在你冗长的鼾声里
瞧一堆青丝染成雪

和妈妈聊天

接通线
我就踩着了故乡的土地
妈妈的话匣子似三月堤
我说，妈有这么多事情怎不见你打给我呢
妈说，你忙
是啊，我忙得十天八天忘记给妈打个电话
妈说，上回捎去的几双棉鞋合脚吗
豆腐好吃吗，农家豆子，菜油煎
我说，妈你以后别做鞋了，家里柜子都塞满了
那头声如细丝滑落。眼睛不好使了，能做一双是一双了
我心一颤，赶紧接了话
妈，咱家的油豆腐真好吃
我吃出了儿时的味道
真的啊
真好

我欠这世界太多

我的双眼与黑暗较量
你狰狞的面孔，喷火的目光
树是黑色的，静止的
河流是黑色的，凝固的
世界都是黑色的。没有一丝光
黑色已经淹没了我。黑就黑吧
我也不欠这世界什么
疲倦地合上眼睛
心还在跳跃，耳朵异常灵敏
一个一个声音，似涓涓细流从挣扎的窗口涌出
陌生的人说，你欠我一个微笑
邻居说，你欠我一次等待
朋友说，你欠我一个点赞
大妈说，你买番茄我还送你小葱哩
孩子说，你欠我一个鼓励
大海说，你欠我一个拥抱
故乡的土地说，你欠我一粒种子
触及故乡，我的心颤了颤
眼前有了光亮

三十几年前的某夜，漫天舞雪照亮了村庄
照亮了接生婆额头的汗珠、皱纹和白发
照亮了在床上痛得死去活来的我的母亲
以及跪在堂屋神龛前的我的父亲
还有我前世修行百年许下的诺
啊，我欠这世界太多
坚强，依然是我一生的责任

蹭先生们的饭局

在一桌子男人面前
每个空气分子都吐着雄性的波浪
身体小心地贴在凳上
感觉像没穿衣服
在心里上演了多次的表情、语言和动作又卡壳了
但我已学会了微笑
向日葵式的
一二三四五……
然后，我端坐在椅子三分之二的位置
放逐千军万马
杀进他们的胸腔里

这一桌子男人
三两种关系
四五分酒量
七八种奢望
十分地投入
当酒精遭遇尼古丁，亢奋的、压抑的多巴胺迸发出来
七十二种笑或哭
或比哭笑更悲壮的几个字
喝。就这么办吧

锁

奶奶八岁做童养媳
一季花未开
人被抓了壮丁
后来，爷爷家的八抬大轿到了
奶奶过了门槛，只揣了一枚铜锁
几扇雕窗画梁的正屋，一亩田，一顿白米饭
奶奶把铜锁贴身藏起，裹紧小脚，迈入生活的菜园子
一筐红薯添二两米
这是爷爷每天嘱咐奶奶的情话
省下每一粒米，买田
后来，他们有了一群孩子，三亩田
木方桌上的南瓜粥红薯面
爷爷端起碗数了又数，多一粒米，怒眉就对上忧怨的眼
一年又一年，他们有了十亩田
日子春耕秋收，餐桌橙黄绿青

奶奶百转千回的陈述里
只有黄连结成串
奶奶的人生如她裹的小脚

无声地走过刺槐、苦楝、桑、银杏
一直等一棵开花的树
爱情，就是沙漠里的那轮月亮
每个月光丰盛的夜晚
奶奶沐了月光浴
我坐在旷野的风里
或依在鸟儿的翅膀上
听奶奶一遍一遍诉说着古老辽阔的故事
奶奶的铜锁被岁月打磨成了月亮
月亮很柔很饱满，像一位怀了无限甜蜜的女子
给奶奶的每一页回忆镶满玫瑰

龙凤山庄

每一个音符都漾在春天里
穿过一帧帧甜蜜的镜头
枝丫间稠密的话语透着浅浅的青涩
着礼服的人们像塔尖飞翔的鸟儿
通往玫瑰礼堂的路像幸福一样悠长
龙凤大殿前一对儿老人
用千卷银丝编织一生的誓言
从清明上河街到欧洲街
从旗袍到欧根纱
足下拾起祖母做童养媳的日子
像身后的夕阳一样沉
如果时空可以穿越
我多么希望祖父祖母和父亲母亲也曾在这里种下玫瑰种子
放飞自由鸳鸯
凤岗，我来了
不为塔尖欣然的雀鸟
不为一片云，一件物，一首曲子
我来，只为寻找一个少女时代的梦，梦里有我的英雄少年

所有的事物都很轻

脚步轻轻地
风也轻轻地
身体里的翅膀很长
于是快马加鞭
第一次在家长会见到孩子灿烂的笑脸
第一次和孩子一起走在散学路上
远远的，老母亲扶着篱笆墙的影子
第一次深深烙在心里
白得惹眼的李树下
他轻抚母亲的双鬓和银发
后来，他牵起妻子的手走进崭新的花园
妻子欢喜地摘下新房的钥匙，开门
身体轻轻地
风，吹不起沉重的铁锈和尘埃
只拾起一个梦，在机械小憩时

触着青春的尾巴

1980 年 1 月 1 日之后
这串数字注定是幸运的
今年，多么需要一刹那间的运气
就在这“青春诗会”征稿函里
我触到了一纸好运
还有“青春”这个词
我惊异于自己
飓风后波平浪静的海面
还潜伏着汹涌翻腾的力量
我决定为自己拼一回
以祭青春。等到那一天
坐在摇椅上
饱满地与他说起

寻找春天

春天丢了
和春天一起丢的
还有近处花鸟径的音
远处杨柳岸的语

寻找春天
我走访了数重山
一日数着步子，六百多级台阶
在半山，我喘着粗气皱起眉
脚下，树根撑破了厚重的水泥墩
逆袭。挑战

这条山道修筑十几年
这根，历经了多少风雨践踏
它已不堪重负，还是隐忍后爆发
我想，它比我更坚信
这个多难的民族
在春天向上生长着

白色背心

阳光像茶园里新冒的芽尖儿
透过薄雾，白色背心
晾在黑色蕾丝和玫红色内裤中间
这样的色彩搭配让这个早晨生动起来
我忽然想起那天很热
你脱了外套，只穿一件贴身的白色背心
裹进黑色牛仔裤里
那天客人很多。你一弓一弯
拉上的却是我心头的弦
离弦般从后面蹿到前面，你突兀的部分
是云朵之下海浪之上延绵的山丘
平时发梢碍眼的银
也变得光鲜无比
多么庆幸，给你买了件白色背心

聊天

很久都没有
像昨晚这样敞开，彻夜
把一些早已打磨光滑的词语捞起来
一一嚼碎。蘸一点痛，一点甜
在东莞，随一只大风筝起起落落
十年
谈单，赶货，追款，留人
方程式一天比一天难解
说起在工厂干了八年的云南大姐
她的婆婆病重，孩子要上高中
远处，鸡鸣了第一遍

说到那次在鼎湖山你没有等我
结痂的伤疤撕开来，夜风抚过清晰的血痕和
泪痕
你揽过我，枕在你的臂弯
飘窗轻吻着窗帘儿
鸡鸣又起第二遍

你说你的心总搁在机轮上
没法像我一样，捎在路上
你是属于工厂的
遂想起鼓浪屿的那个春天
客栈的小阁楼
木梯子上铺，头上那一片亮瓦
光覆在身体的位置。刚刚好
初醒的晨色涨潮一样涌起来
催熟一朵一朵浪花

十七岁的女孩儿和村庄

周末，我发现自己写不好那首
《等一个村庄》
二十八楼的土壤缺了地气。窗外
钢铁支撑起方圆森林
却撑不起我的词语
我就想下楼去洗个脸
背脊贴着粉色的美容床
面对一个粉色的贵阳女孩儿
她的手划过我的沟壑
柔软得像刚盛开的云朵
十七岁，没有过男朋友
她站起来俯身给我按头时
小鹿的气息惹得我闭上眼睛
用心听。遥远的村庄
那年雨季，田野里或山坡上
羊羔吻着滴水的草尖

打开衣柜

这个正月都没有好好穿衣打扮一番
怎样睡醒就怎么起来
几时饿了就几时吃点儿
几次被叫去南门拿快递
内衣都来不及穿
戴上口罩就出去了
也罢。即便路上碰见人，都相互避着躲着
比起脸红和心跳
彼此都有更在意的事情

今天阳光真好
我打开衣柜
阳光一朵一朵地开了
年前买的新衣服，一次还没有穿过
今天就穿上它
化个淡妆出门

霜降

我的老家叫青山
一只脚跨出门槛
向后是连绵群山
朝前是层层稻田
青山翠绿，稻田黄的时候
也很美
偏偏小时候常常青黄不接

走走爬爬，把家安在这个叫东莞的城市
我在城市里的家门口
走着走着，没了方向
每一条路都曾相识，曾走过

向左，一杯橙黄的奶茶
向右，百果园里的赣南脐橙、粤西红柚
来自远方的蜜瓜
都镶嵌着黄土地黄皮肤的色调
每一束霓虹都金光闪烁
灯光递给我熟悉的温度

却怎么也看不清来时的脚印

霜降了，有点儿冷
站在十月的风里张望
村庄的稻谷都熟透了吧
那些流淌着的河流
翻滚着金灿灿的喜悦
比夜晚的霓虹更闪耀
夜不深不浅，我要去向哪里呢
不如在路边的石凳上坐下来
问一问路人
你可知道通往村庄的路

平安夜的故事

很久很久以前的一个平安夜
山峦起伏下的小村庄被白霜笼罩着
满月瘦了些，仍然很清澈
田野上的稻草垛和耐霜的菜苗弹奏出点点温暖
满天星斗支起一条高低起伏的沙石路
路两边的草皮和一个长长的影子延伸着
往小木屋的方向
干柴火噼啪作响
奶奶早已沐浴更衣
点了香供在门庭前和神龛的焚香炉里，然后双手合十
弯下腰去，像柴屋边的犁耙
秀姑来到时她已来回礼佛了数次
父亲从堂屋走到火屋又从火屋穿到房间
母亲躺在床上，阵痛才一会儿
白炽灯泡的微光落在她脸上
秀姑说了许多话
噼啪噼啪，火苗浇灌着圆肚子铁罐里的水
嘀嗒嘀嗒，屋角的茶花开了一朵
夜越来越深了，母亲的疼痛深了

月亮不忍瞧见
父亲叫来了算命的先生
先生掐指皱眉
母亲从床上滚到地上
又从地上滚到门口
黎明破晓时分，随着一声清脆的啼哭
又一朵茶花开了

一个标题

风吹开备忘录。某年
3 月 2 日，她的名字叫鲜花
5 月 3 日，借一点阳光晾晒我的眉
10 月 10 日，机床种出麦穗的姿态
12 月 29 日，站在四季的门槛
许多时候，我的诗歌只有一个标题
一个个标题像一串串标红的数字
起初华丽、心动，充满希望
一尾搁浅在湖心的扁舟
一场选好日子却没有举行的婚礼
一个梦被车间的琐碎搅糊了
经石棉瓦铁皮过滤的午后
灰白灰白
灰白的墙角、废木、料桶
裁割机上猩红的锈迹龇牙咧嘴
抵不住一眼怒放的绿
一粒种子的坚持
我的心涌了一下
坐在台前刚写下《一棵兀自生长的树》

你就进来了
说某某厂老板跑路了
风起。吹散了绿意
只听见心掉在地上的声音

私密与阳光

一寸一寸，一瓣一瓣地盛开
整个我也就盛开了
把昨夜淋湿的心情交给跃出阳台的三角梅
金银细软，衣柜倒腾一遍
阳光跳到茶几上的花瓷瓶那会儿
经年的花束瞬间羞涩起来
整个身子漾在灿烂之海。合上眼睛
有羽毛贴吮我的指头和肌肤
内衣堆里有阳光分子和皂液清香潺潺流淌
不去想
午睡那间办公室
关了灯，便伸手不见
客户厂那个万姐结冰的眉眼
电脑里陈腐的数字游戏
一觉醒来。墙角暗香回眸
我眼巴巴望着阳光回去的方向
天空回应我
天空那么大
我选择相信

择豆角

四季豆，从这头到那头拉开一条线
青青的味道就出来了
记忆开闸一样直冲脑门
我半截豆秆高，最害怕各种虫子
有菜虫从豆眼里爬出来采食叶片上清凉的露珠
我的心就颤抖
它们也探头探脑东张西望
极像当年站在十字路口的我
但还是忍不住摘了满满一篮子
因为青青白白的诱惑
因为妈妈说，今天的伙食就在这园里了
妈妈还说，虫子啃的都是最好的

盛宴

又是一年尾牙
许多熟悉的面孔
杯光盏影，话语相似
说起一年的收成
目光齐聚
把他头上的光环衬得通亮
齐刷刷地双手举杯敬他
产值三亿啊
夫妻俩厉害啊
咱要是能混个十分之一……啊，话在酒中
他放下杯子。透过液体的诱惑
扬起风雨过后的湖面
这一年啊，我前脚出院
我老婆后脚进去
他的声音，静得像手术刀慢慢切开器官
明年我只想找一个能与我分钱的人
我要求已不多
这个人，在打雷刮风下雨的时候
能和我想的一样……

说到这里，远处
教堂里的钟声响起
有的人听见了
有的人没听见

我

我乐于为一颗打折的白菜来回奔波
擦地板我不用拖把
用毛巾，沾满消毒液
俯下身去的姿势
盛装着我自己能懂的性感和感动
我不懂棋牌
也不赞叹奢侈品
你要是和我说起狗尾巴草戒指
或长满水仙花的小路，前方
香椿芽和野菊花欢笑的山坡
我会更加期待
说到孩子，说到教育
我也算是受害者
伤害我的因素下落不明
我现在努力站起来
和孩子一起学走路
我不关心某国的数字
对泛滥口水仗也没有兴趣
我没有颜如玉

我的黄金屋就是每天阳光盛开的厨房
我的心和身在一起
三餐四季。土了吧唧

闪电照亮的事物

昨晚的雷电
比五百年前的山崩地裂响亮
像蛙声唤醒蝉鸣
我在黑夜里睁着眼睛
光，劈开窗户上的瀑布
刺进来
照亮旋转着的风扇叶子
还有白天那些人缜密的心思
雷电在耳膜深处次第绽放
与过去的半年深沉告别
我翻过身子
不去分辨毁灭和新生
不去想昨天错失的事物
明天有多少声音被唤醒
他的气息比雷声轻柔得多
一些突兀的
触着身体的部分
在这样的夜晚
格外饱满真实

真相

那天的聚会上
他放下茶杯冒出一句
“这个世间从来就没有真相
你看到的，听见的可以是真相
也可以不是”
我想起许久前读过的场景
大师对面前的施主说
一行人踏雪寻梅
前方深处，没有脚印
见到梅开点点的人心里欣慰
啊！初雪
未见梅花开
就断然说不是初雪
大师手指一抬
施主你看，真相
什么真相啊
眼睛都黑了，耳朵也满了
茫茫薄雾里
似开未开

东莞，铁骑

慢慢地，环莞快速和东部快速
仅是一条路的名字
在东莞，除了路
其他都快速、迅猛
比如东莞铁骑
路又塞住了，尿憋得慌
想飞，没有缝隙
腾不出地儿安放翅膀
路越挤越慢，越塞越长
赶着回家看老婆生孩子的
赶着去接孩子放学的
车里的人各怀心事
兜在窗口的香烟忘了弹灰
点着了手指
一阵激发神经的声音
夹着闪电
由远及近从耳边呼啸而过
闷在车里霜打的茄子
都探出脑袋伸长脖子

许多次
随着旗峰山的灯笼放眼东莞
大街小巷
最是那一道英姿飒飒的荧光绿
倍儿爽

下辈子我要嫁的唯一

腰都不能弯了
还要起得比鸡早
你利用几秒
充分地臆想
汗经你背脊流淌
汇至疼痛的地方
明天一定会好
我独自走在路上
看到的风景怎么能够完美
呼伦贝尔草原奔腾的日落
大西北风沙的肆虐辽阔
我多想和你一起
站在无人区突兀的戈壁上
伸出你的左手我的右手
触摸灵魂出窍的云朵
我不小心被脚下的盐碱割伤
有你捧在手心安抚着
一年休息两天
一周加班八天

一个春夏像一个转身一样快
来生如果要嫁
请你每周休息两天

水涧头村

见到这块石头
我并不怀疑你一直就在这里
但我却开始为你担心
看见你头顶那张阔嘴了吧
而你和它，就隔着那棵树了
你的腰挨着地铁口、城际铁路口
听，时代的鸣笛一声声，一阵阵
催得那么紧
尽管你被遮在一片荔林蕉荫之下
每天隔着玻璃，匆匆看你一眼
我都为你捏一把汗
果然有一天
整个的你被掏空了
拆光门窗的房子
像濒死的巨蟒瞪着空洞的眼睛
和人类做最后的斗争
后来，只剩高高低低的土堆
满地抽搐着的断壁残垣
欲望扬起的尘埃

那天，我终于为你停下脚步
在落霞与夕光里仿佛又看见
蕉叶摇曳起袅袅炊烟
老狗紧随着三轮板车
土墙根下打盹儿的阿翁阿婆
把青翠的莞草编织成满头白发
一阵风吹过，只有那一棵树
呜呜咽咽地
诉说着，西平这个最后的村庄
永远的故事

一天日常

她衣服换到一半
听见他开门出去
仰面躺回余温里
近一点儿是天花板，远一点儿是天空
她对自己说，接着睡吧
一天不出门，地球还转
叮叮当当的
有人要投诉，有人要辞工
有人要借钱，有人要退货
追债的只是小儿科
文字、语音、图片、视频，噼里啪啦
网络这个鬼东西
真糟糕

一个人逛街

一个人，在老街
看见童品橱窗
一个女人坐下奶孩子
怀里的娃娃双手托起充盈饱满的饭袋
腮帮一鼓一鼓的
新鲜的汁水满溢出来
我的脚不听使唤地靠近
抓起一件绸面料在手里
摩挲着。潜意识里在分辨
是宝宝粉嘟嫩滑的脸，或女人丰酥圆润的乳房
抑或十年前的自己
暗香凝脂。如此美妙
却被一个糟糕的声音撞碎了
你好，要这件吗
我忙不迭地转身
生怕她从前面窥出我的秘密

我们

枝头上雏鸟紧裹双翼
鱼儿在水中屏住呼吸
一起倾听。我们
还有一个共同的名字
同学兄弟姐妹
根与土地初识，已注定千年
骄阳下，泥泞中，我们负重前行
你痛着我的痛
我流着你的泪
我们喉咙沙哑蓬头垢面。信念坚在
待满头白发
我们依旧喊着彼此的小名
咧着嘴，淌着汗
沟壑比阳光更灿烂

谢谢你

谢谢你，陌生的村舍
你和我一起走过
谢谢你，最轻的抱负最重的情义
谢谢你，用最原始的方式让我理解活着
不能成为负累
谢谢你，让我在满山草木中找寻自己的身份
从满身泥土中拷问自己的来历
谢谢你，我知道自己仍然会心痛，会羞愧，会流泪
谢谢你，还有你，有力的肩膀和拥抱

病

诗歌病了
一些著名诗人、诗明星也病了
我忙不迭地跑去医院
检查自己的眼耳鼻、心肝脾，做血常规、X 光
今天，我又看到许多专家给烂诗写的评
洪水泛滥般
专家们认真的样子
不禁想起抖音上那些曾经令人反胃的网红
也十分可爱
虽然他们费尽心思地红了
却并没有一丝不挂
我想，明天还是去做个核磁共振吧
因为传染病并不可怕
可怕的是中风和脑瘫

写诗是没有用的

有一天，有人这样说
从文学角度，要写小说、散文
从经济角度，要写纪实、报告文学
写诗是没有用的
我有一个头顶戴墨镜
每天写七八首诗的朋友
如尿憋醒一般顿悟
难怪。一起翻墙、捣鸟窝的兄弟
他开宾利，兜兰博基尼
今天又刷劳斯莱斯
而自己站在熙攘的人群里
指甲盖都快把手机屏划破了
真恼火这如痴的样子
他要从此放下纸笔
重新扛起刀枪

写给幺妹的情话

因了那千百次的回眸
平行线上两个点相遇了
风轻轻，云淡淡
想起那天你跟我说
你和她曾亲密无间
后来，你们删了彼此
叶子离去只有树知道
烟花璀璨只因一刹那
有些事情只有经历才懂得
我在心里轻轻地告诉你
我们之间一定要
像老家清凉山顶上的那眼山泉
清亮，甘甜。冬暖夏凉
那么细小
多少年过去了
一直在

爱到合适

晚上好友在群里问
两个人在一起是因为爱
还是因为合适
有人说，潜修十年佛家、儒家和道家
再来探讨这个问题
今天，我的男人
一个苦哈哈制造业的小老板
他从工厂回来
又丢了心情
我也没力气帮他找回来
同船渡，共枕眠二十年
我们
在彼此的心里肝里胃里呼吸里
他的鼾声有节奏地
敲在我的太阳穴
夜越沉头越痛
我懂他的心情弃在红尘俗世里跋涉
他知我的思绪醒在午夜无眠中徘徊吗

蛙

春末。有雨无雨夜
小区花园的池塘
沸腾在三千深浅起伏的窗口
有人熟睡，有人醒着
蛙们南腔北调议论纷纷
空气也沸腾
一栋正面十七楼的书房，敲键盘的节奏
混合在下层的麻将声里
二栋二十楼朝南的业主接来乡下的老母亲
阳台晃动的麻布衫与隔壁模特女子的火红文胸相映成趣
三栋大户型有钱的大公司一夜间破产
再也见不到他膀大腰圆遛狗的身影
四栋、五栋、八栋、十栋……
蛙的狂鸣和夜的眼睛穿透无数城市魅影
蛙们不懂，住花园楼王的那位女子为何彻夜不归
深更，屡闻稚嫩的声音哭喊妈咪
我也不懂
尽管我一直醒在蛙鸣里
倾听。我感觉自己回到了小时候

睡在乡村的木房子里
下雨的夜晚也有星辰
夜，多么恬静
蛙声，多么好听
蛙和虫鸟聊的我都懂
它们和我一样
梦想飞出山村和田野

谷雨时节登银瓶

雨前

望银瓶山主峰，择水道而行。峡谷悠悠
一对儿恋人的自拍
渲染了这座山的姿色
瀑布是恬甜的温柔乡
穿越泉声，心跳
树与藤缠绵的姿态，是千年的爱情见证
听，蝉也心照不宣，琴瑟和鸣
会呼吸的根、茎，被无数场雨入侵，健硕，滋润
绿叶层层叠叠，在金子般的阳光下澎湃
我捧起被初夏裁剪成碎片的阳光
期待与之同行

雨中

半山腰。雨时隐时现，似一次完美的接吻
起初轻柔地，一点一点
落在你我起伏的眉心
落在栈道边藤蔓形成的秋千架
落在随藤蔓摇摆、小憩的美人胸前

小雨点儿打湿了幼虫洁白的毛
我们继续攀登。约至七百米高处
雨盛情来临
雨水流经密林，柔的指尖、劲的躯干
热吻每一朵撑开的花伞
我们萦绕在雨里，倾听传说中的坐莲观音
在雨帘里轻启神秘面纱
赤裸的雨，浇灌着思维，植入我的身体
迎雨而上。每一个毛孔都滋长一个信念
俯瞰。万顷森林被浣洗得性感妩媚

雨后

抵达山的主峰。雨渐停
我立于银瓶嘴的瓶尖
思考这一座山与曾经那些山
回想这一次攀登和往日的每一次攀登
一座山的神圣
不在于树多茂，林多广，泉多深
而在于置身其中的每一刻
你触到的，与心对接的部分
周遭朦胧一片
啊！这就是仙境，雨生成的仙境
我就是山的白衣仙女，透过薄雾，银瓶嘴的峭壁上
一株火红的映山红，小小的，像小小的心脏，骄傲地跃动
　在银瓶山顶

假日

在嫩嫩的、脆脆的鸟鸣里
白羽毛的晨光经由你的指尖
我的身体。一点一点与苏醒的神经
重叠，融合
从清晨五点多
谁知道鸟儿在叫什么
就像梦接纳现实
像我接纳你
抵达沸腾的部分
又安然地闭上眼睛
原来假日只需一张床

二十五个没有父亲的父亲节

成长是连绵雨天
是老黄牛和黄狗的一颦一笑
是校门口的小桥，流水，青山环绕的音符
拨开漆黑的云
新鲜的伤口上已长出了新的嫩叶
黄连圃上生长的野茅根，脆脆甜甜的汁。滋养
杨梅和李子一青一红
母亲在晨曦里月光下渐沉的身影
似雪压弯的竹
在开春已冒出来无数笋芽
成长，成长
尽管阳光时常被俘在魔咒的口袋
回首，一路上的点点滴滴
我依然感恩遇见

他，他们

一

与桥数米的河边一溜儿淘沙厂
沙堆垒起了这座城的金字塔
沙厂连着水泥厂。车轮滚滚
他们每天在大车小车扬起的尘埃里
等待一顿饱饭
桥墩下时常旧面换新颜
有的人攒了钱在菜市场摆摊
有的人进了机器操控人的厂子
有的人去了越南

二

一个雾霾笼罩的傍晚
路灯支撑着彷徨的眼
司空见惯地瞧着桥下发生的一切
碎石满地打滚
他躺在泥头车侧
躺在七嘴八舌的人群里
比路灯下的影子还安静

三

围观的人越来越多
他是四川的还是云南的
旁人似乎都认识他
他为了救一个骑自行车的学生
他是一个粉刷工
某单位大楼的墙壁是他做的
他是一个绿化工
早晨散步在广场的花坛遇见他

四

又有几个人过来了
头顶依然车轮滚滚
桥下车辆来来往往，停留，远去
密密层层的碾轧似从身体里穿过
他静静地躺在那里
他已经回到那一片属于他的土地
蔚蓝的天空下
没有高架桥
没有尘埃和车轮
只有麦浪翻滚的一望无垠的田野
只有怀胎的玉米和弯腰的高粱

五

守望在炊烟和夕阳里的母亲
肩扛锄头在黎明前咳嗽的父亲
土砖砌的厨房里
锅台的水咕噜咕噜冒着热气
穿白衣服的女子半解衣衫给怀抱的孩子喂奶
灶火噼啪作响
烧红了她晶莹的双眼

风过有痕

木棉飘飞的季节
你与我握别
轻轻地抽出你的手
你分明瞧见
我的眸里有泪光闪动
而你
依旧紧锁你灵魂的窗口
任凭我廉价的眼泪
在心里聚成河流
独倚寂寞的街头
你模糊的背影
灼伤了一缕温柔

一起

一双影子深深浅浅
两行脚印重重叠叠
在一起
走了许久许久
这种只有彼此的日子
多数时候是欣然的
我叫你提了水果先回去
我去那间新开的时装店逛逛
才进店你就来电话了
说下雨了会拿了伞来接我
结果我一试衣服就忘了时间
你在店铺外等了我一个小时
我想，最温暖的表达
等你含着睡意在晨曦微扬里翻身时
我给你最温热的拥抱

情话

风吹过。风又起
风轻抚你我脸上岁月的痕
风吹开了桌上的日历
我们在一起第十八个情人节
似乎走了很久。而我依然坚信
旅程才开始
你说喜欢吃我做的青椒炒鸡蛋
你说要穿衣柜深处那件泛白的衬衫
你说喜欢我叫你男人，男人
要我一辈子这样叫，这样
你会时刻记着，你是一个男人
你是一个有女人的男人
这算是什么情话

你说你天生不懂情话
吵架了
你会拖地洗碗
会系上我为你备的围裙在灶台前拼命旋转
你会在我生病的时候

轻手轻脚地早起
菜市场红橙黄绿
于你都是那么陌生
当你和它们打成一片
就成了我生命里最美的鲜花和情话

今天，我想对你说句情话
有阳光就有鲜花
管他风吹雨打
我和你
就像一道河睡在另一道河的水里
永远，永远

两个人的胡杨林

已经第六天了
我说，我想再去一次胡杨林
走在落叶盛典的林子间，你说
如果只剩下我们
你会不会感到绝望和害怕
哦不！即使只剩下我们
还有这数不尽的落叶
还有风吹落叶的声音
那是生命最美的旋律
亲爱的，我一定不会感觉孤独
只要我还能触着你的温度
偌大的林子里就我们俩
你捡起满地落叶
我坐在胡杨的枯树根上
伏在堆满金黄的木栈道
写下永生难忘的一页
风和夕阳都为此沉醉
哪怕落叶被沙漠完整覆盖
伴随我们的还有日出日落

我们中间隔着多远

昨天晚上你问我
我们中间隔了多远
有没有五十米
我只知道我们之间隔着十三道门
一道门不知道轻重
二道门把随意和憧憬写在脸上
三道门有常人不能把控的诱惑
四道门有海潮一般的欲望
五道门有一段针尖上的崎岖路
六道门有许多离你很远却降临在你呼吸的痛
七道门有一生难得的奇妙体验
八道门有树欲静而风不止的无奈
九道门有剪不断理还乱的离愁
后面的门里分别生长酷夏、盛秋和严冬
还有一道是空门
踏过了空门
我们就可以一起拥抱在春天里

想，就这样相守

一

居一间木屋
耕一片土地
有露珠献吻草木相依
日子在炊烟里萌芽开花
藤蔓攀上木栅栏
向上的枝丫　不结欲望贪婪
不戴面具在生活的角斗场中扮演绅士、小丑……
我的《圣经》里
灶台五谷诗行犁耙
青烟缭绕发丝和香汗
柴火饭的香气里吹来泥土味，是你，轻轻地从身后圈住我
在灶台旁，屋檐下，小溪边
在风里。说，
想，就这样相守
一直等到炊烟都聚集在我们头上
你数我满头白发
我把青豆数成黄豆
一颗、两颗……你眉心舒展

一心一意地数
时光很慢，很慢

二

空气鲜嫩的早晨
一场爱雨淋漓
菜花偶遇幼虫
她们许下承诺，唱起那首古老的歌
每个夜晚一起入睡
一起偷听虫鸟的爱情
软软的
甜甜的
饱满如初见
木房子外月光流进来
拥紧我和你
乘着月色
让媚的春，火的夏，满的秋
都缠绵在没有冬天的温柔乡里
你说，等有一天……
我说，别说了
留个念想

冬日

阳光在阳台上炼金子
我把被子抱出来
铺在阳光下
把餐具、细软、陈年旧事和我的身体
一起呈现给它
不去想昨天如麻的细节和她们向往的天堂
午后。我拉开窗帘午睡
阳光贴在我和我爱的人枕头上
混合着夜晚或凌晨
花朵和虫子相遇的味道
原来幸福只是一张床

东莞地铁

人们把小车一溜儿停在清晨或傍晚
吹着口哨，一站或几站地
跟着这条时代巨龙在地底下吞云吐雾
周末。挤在光阴间隙
少妇拉着孩子或搀着老人
精灵般，时而空荡荡，时而满当当
站与站之间只隔一扇玻璃
我听到钢与铁的碰撞，光与影的变幻
我感受到呼啸的心跳
谁说窗外漆黑一片
我发现
我与土地如此近
土地上暗流涌动
我触着了，万物奔腾的力量
地铁穿越生长莞草的稻田，远去
地铁穿越冒黑白烟的工厂，远去
地铁 2 号连接着 3 号、4 号、5 号
连接着，我们向往的方向

多年以后

我会想起这个夜晚
有一种心情，在每一条街巷流淌
绿灯一亮，花就开了
道路南来北往，我的目光穿越夜幕下动的、静的色彩
聚会的桌子上
你们已为我点好一份约定，一份相聚，一份信念
今晚，我的身份是一位诗人
红酒杯已盛满
淡的是火，浓的是情
惺惺相惜的我们
说着，说着，酒杯又满了
笑着，笑着，脸就绯红了
装在我们胃里的是比相遇更美的邂逅
多年以后
我一边数着满头白发
一边数着每一个笑着流泪的细节

厚街 · 胡桃里

也许是你从很远的地方来
也许是我从很远的地方来
我认识你很久很久
我丢失你很久很久
今夜，终于遇见
我把一颗心呈出来
与你，胡桃里
每一件用心雕琢之物
交流，碰撞，融为一体
有多少盏灯光
就有多少颗火热的心
有多少表情
就有多少味道
那个寻找阿楚姑娘的长发胖子
在涨潮时赶来。他站在台上
把每一种乐器吞入胃里
我们就听到了山洪暴发和大海的呼唤
听到了雨打芭蕉
听到了泉水叮咚

听到了日出花开
听到了风吹麦浪
听到了
静谧的灵魂
听到了
血液在奔腾

冬至

摇下车窗，我想寻找一种冷
熟悉的冷
亲切的冷
渴望温暖的冷
温暖，被清甜的晨雾包裹着
天真的孩子在雾里追打嬉闹
像一个个旋转的棉花糖
炊烟升起
杉木窗飘出来腊肉香
窗梁上串串通红的红辣椒
迷醉了我的双眼

透过车窗
深灰的天空下
点点雾霾牵引着
苏醒的高架桥，港口大道
桥洞下穿着单薄
站立或席地而坐
翘首期待的身影
他们的眼神告诉我，这个冬至没有冷

在那遥远的去处

在那遥远、遥远的去处
有我那梦中的小屋
门前屋后点点野花
窗外一条小路
我沿着小路
一边等，一边种下菩提树
等一个折腾了半辈子的人
等你从红尘来
等你到天涯去

捧起每天绿茸茸的时光
炊烟升起
你采下第一朵菜花
沾满露珠镶在我脸庞
当果实挂满枝头
你说，每一枚果实都是我丰满的乳房
采日落满屋
浇灌餐桌自然生长的爱与哀愁
在这片孤独却饱满的土地上
没有棉花变的米

没有旋转着的铁
没有噪音和陈年旧账
没有霓虹和车祸
只有我和你

累了，我躺在星斗恩赐的清泉里
叮叮咚咚来到月光下的田园
采一束光，猎一个你
一束光似亮了千年
你，读懂了我的心思
终于来了
我舀一瓢月光为你洗尽纤尘
你来，只为菩提树下的承诺吗
你在我耳边说着
一生只为
雨天遇见
一位身穿白裙子的姑娘

只为你伸展的臂弯

习惯熬夜
在深夜鼓捣文字这座堡垒
堆堆砌砌，叠叠切切
沐浴时从身体里流走的
恋上水珠缭绕在玻璃窗
窗外，港口大道上忽明忽暗
南阁大桥的桥面上
升起的现实，落下的虚幻
桥下石头缝隙里，努力生长的灰色脸孔
都化作我指间连绵起伏的音节
我有点儿理不清头绪
我需要释放
不经意地回头
瞧见床上熟睡的你，手臂伸展着
那是我枕着入眠的位置
在我的枕头上静静地，空着
我突然明白。释放
我只需要一个臂弯

南国三月

是一块巨大的抹布，灰灰的
罩下来，淹过了树的眉梢
虎门大桥和大大小小的桥梁
呼啸着，在抹布间穿梭来往
远处或更远处
是一些漫在幻境里的海市蜃楼
视线局限于数丈之内
除了醒在低处的绿和少数顽强的红
白，已经被浸染了
一件美事
从早晨等到傍晚
从上旬盼到下旬
依然雨缠着雾，雾黏着雨
看对面的阳台上
怀孕的女人正在晾晒她的粉色心情
她和她的歌声
是这个空间最撩人的色彩
三月天，心的声音聚在一起
心的力量也都齐了

灰！灰！

听，他们说春天里，花开了，阳光正好

为什么

要让灰色左右我的生活

难道我们生活在反面吗

抬起头

我想在摊开的灰抹布上寻找一方出口

我想听见心的声音

我想借用你们的利器

我想看一眼正面的阳光

日历

收拾桌子
发现有一本台历
摆在公历与农历之间
翻开这本旧历
画满了颜色，圆圈，方块，直线
我一页一页地翻开
三月八日和往年一样，我精心准备礼物
只是接收礼物的女工又少了一位
五月八日是母亲节
为了和孩子一起追逐天空的风筝
母亲守在电话那头
月光沾湿了窗花
冬至前一天
破天荒收到九百九十九朵生日鲜花
日历上的这个数字
依旧花香四溢
这本旧历已经过时了
我舍不得扔了它

母亲的电话

黑夜与光的间隙
我们立在蚁群里失神
而她，却不会忘记
一滴雨经过瓦片，屋檐
停留在她眉心里的漩涡
她会给我打个电话
园里的豆瓣张开翅膀，豆角玉米穿成串
她会给我打个电话
老桂树上一片黄叶落在井台，又随风扬起
惊动了门前的旧木马
谷穗都醉成了草垛
离第一场雪还有很远
她，又给我打来电话

她嘴上说着没事
耳朵里塞满了老屋篱笆上泉水泡菜的味道
鸡飞鸟鸣的声音
大巴捎来的蛋要记得吃，自家园子里的鸡下的，只吃青菜
　虫子长大。麻婆半月没下蛋了，在隔壁花婶家借了十个

棉鞋要记得拿出来晒太阳，多晒。老了，眼花了，穿针
　也看不清了
又说。闲置几年的地又翻出来几垄
今年种上了
暑假一定要回来啊
去燕山坑砍柴那条小石路已修宽
有人发现了山谷的锰矿
野猕猴桃、刺莓、山栗子树都被糟蹋了
小时候的至上美味
在我的眼前尘土飞扬。浮躁
我说，妈，没什么事挂电话吧
那头顿了下，没什么事，没什么事
却又说
小丽她娘前几天去世了
女娃赶回来
没有见到最后一面
哭得可伤心
哎，你俩都嫁外省……
我的手颤了一下
心也跟着颤了一下
我不再想挂电话了

再回鹿港小镇

我的身体与之贴合在一起
就嗅出了这
一个月零十三天里积攒的热情。深深浅浅
簇拥着我的肌肤、毛发，骨头里的味
我贪婪地吸吮着
这块安放了我两千年光阴的栖身之处
目光自斑驳的墙跃向窗外
云朵如千万匹白马奔腾
撞击着我心眸的海洋
已决堤

微醺

五度的红酒与三十几度的夜
在透明高脚杯里
凝练成水晶般的情怀
这支来自西班牙的红酒
有一个名字叫
少女杀手
我轻轻拭去玻璃器皿上的水珠
想更清楚地读懂里面暗红色的液体
我说，酒很好，而我已不是少女
客厅的音响里正播放着一九九八年流行的曲子
你说，你一直都是我的少女啊
闭上眼睛，我只想听风在这个夜晚流连
伸出手，我摘下满天含笑的星星

母亲节二首

一

今天是母亲节
我躺在床上
妈妈正在扬谷凹锄花生
这么大的太阳
这个闲不住的山里人
如今住在县城
还翻了别人闲置的两亩荒田
隔三岔五让卧铺车捎来，我们餐桌上的绿色食品
讲完电话
眼前总浮现出妈妈锄地的背影
汗水浇在土地上吱吱地响
我一骨碌爬起来

二

朋友圈都在祝福母亲节快乐
她，他们的母亲都在干什么呢
我突然想发个群信息
写点儿什么

写母亲节快乐？

后来，我只轻点了一个微笑

竟然在几分钟内收到了百分之九十的回复

有回复微笑的

有说您（你）好的

有说有什么可以帮到你的

有送节日祝福的

空气在一个微笑之间清新自然

朋友，别忘了给远方的母亲一个电话

给身边的母亲一个微笑

写在父亲节

我很少想起父亲
在苍凉的记忆里还原父爱
只打捞起来一些
满是尘埃的老物件
父亲唯一训斥我的话
他说，傻瓜才翻白眼
那年我九岁。屋前屋后的青杨梅层层叠叠
父亲期望那是药，起死回生的药
五月的雨
浇醒了漫山遍野的蒲公英
却把父亲浇成一把枯柴
父亲越来越瘦了
他背不动两岁的弟弟
他连走路都要扶墙
电闪雷鸣的五月
屋后的青山倒了
任我怎么瞪大眼睛
父亲再也没起来说我傻瓜
父亲啊

我要睁多大眼睛
用九年的时光
安放一生的父爱

天灾

雨，没有停的意思
邵阳，邵阳
我的老家可安好
我站在沙田这个工业区的六楼
高铁闪电般从我的思绪中呼啸而过
数米外的锯木场
七八辆盛装的大卡车
排列着万亩森林
我想起小时候父亲种在坡上的树
树很忠诚
山洪来了，树阻挡了泥石流
房屋安好。人安好
我的村庄很小
没有河流、大坝、水闸
那一年的洪水，奶奶还在
两丈宽的小溪暴涨没过岸边
淹没了大片稻田
老人们站在高处，唏嘘不已
叹着，叹着，天灾啊天灾

今天，我用高科技看视频，航拍
房屋被毁
水库坍塌
堤坝垮陷
县城一片汪洋
许多人生死未卜
而我却不知道
有多少天灾

孤独

苍凉的孤独
盛大的孤独
当我从孤独里逃出来
走近烟火
走近一个扎小辫儿的姑娘
走近一堆红粉衣裙
走近一对儿亲吻着的情侣
走近海与水的斑斓，浪与岸的澎湃
走近摇篮里的安详
走近满屋锅碗瓢盆交响曲
走近月缺的唯美和月圆的颤抖
走近一片沟壑纵横
走近一株守望的影
我的诗歌，将义无反顾地孤独

半生

我的前半生
有时悬在荆上
有时落在树梢
有时像把镰刀
有时像个圆盘
你会觉得我的前半生就像月光
其实都不重要了
我只想在我的后半生
有个人，愿意听我的唠叨

期待

入秋了，阳光还是那么猛
风倒是柔情蜜意的
生活，从早晨开始
6 点 43 分，食堂收费机 3 元
10 点 18 分，初中面包机 4 元
12 点 18 分，食堂收费机 10.5 元
超市收费机 18 元
超市收费机 8 元
超市收费机 7 元
……
“3 元就是一个包子一杯豆浆
别问能否吃饱，多了也没时间
饿了课间再填一个面包
我没有经常买零食和冷饮
只偶尔买瓶水
超市收费机主要是买本子
我们的课堂作业本都是自费的”

听到这里，风翻了一个跟斗

扬起沙粒搅得我睁不开眼
每期学费一万七八
还要伙食自费，热水自费，医务室自费，地球仪自费
挂钟自费，拖把自费……
课堂作业本、试卷，全自费
我使劲戳了一下脑洞
遂想起那次校长在台上说
一直非营利性办学
五千人的会场鸦雀无声
走出来，我们都感受到了
天上的太阳光芒万丈
但谁也不知道后方的月亮
是圆是缺
即使缺着，我们期待

本地人

半夜被叫醒的日子
渐行渐远
那时，我是有暂住证的异乡人
没有屋檐，汗水和着眼泪奔跑
信念铸在高昂的十字架上
小区的窗口为我亮起一盏灯光
我是有居住证的新莞人
十几年了，依然新
为了孩子上学
我们成了本地人
映山红开了，玉兰花又开
节过了。又过年
他们回老家过年，团聚
我们也回。我们的身份叫
东莞本地人回湖南老家过年

再见吧，我的 2017

2017 最后一缕阳光，灿烂明媚
翻开过去的每一页，总有一些东西如湖面的涟漪
最开心，有心灵群。从小骚抱大树开始，我们，依然如旧
最惊喜，谢有顺先生受邀到东莞做专题讲座，带来一本他
　亲笔签名的新书送给我
最欣慰，乐乐一直喜欢着他的学校生活
最意外，投一次征文，还获得个小奖
最萎靡，我的诗集又搁浅
最遗憾，来不及邂逅，美丽的九寨
最郁闷，最懊恼，最沮丧，去他的！
所有的不快，都随着 2017 的最后一抹夕阳溜走吧！
2018，我要最幸福！做心的主人，加油
在此，也祝亲朋好友们跨年快乐，心想事成

木头的身后

鼠标滚动过一望无垠的数字
标蓝的不是海水
标红也不是火焰
绿的、粉的、棕的、黄的
每一位数字都有无限可能
不到最后，我们都寄予厚望
窗外，尽管木头挨着木头
至少还有一汪绿
至少还有阳光
对，要走出去
透过木头上的影子，她嗅到了
青苔藓里深深地藏着森林的味道

心灵群三十年后聚会

清晨，雪花依然在飘
这是一场相约千年的雪
木格子窗外，栅栏桩上生起大大小小的蘑菇
远处，银装素裹间红梅点点
屋檐下一串串黄金玉米，挨挨挤挤
如同屋子里的我们
我们坐在桐油松木建造的小木屋里
炭火噼里啪啦浇着多年前那个春天的故事
萦绕着一屋子松香，暖暖的
红红的炭火映红了我们的脸，头上的白发泛着光
彭姐姐的笑容依然如新
我到了，你到了，师父也到了，还有默默、花哥、燕儿……
他们，正在赶来
萧山有力地掀起门帘，眼神飞扬，门牙一闪，隔壁，人呢？
但闻屋外马蹄声声，驾，驾
建哥哥驾一辆红斗篷马车，风尘仆仆赶来
师父，你看谁来了
所有的目光涌向窗外。啊！
月光公主捎来了五颜六色的花种子
那是当年遗失在花丛的春天

拭夜

夜，在三两度的风里荡漾
倚仗你山一般的臂膀
夜就柔软起来
像盛开的棉花团
十公里路或一万米，太近
即使你以二十码的速度
依然是心跳与呼吸的距离
城市的灯火灼伤你滚烫的心思
她却于棉花团的影子
扑朔迷离

风·石头

风，吹起一万匹奔马
飘窗上，那枚黄山捧回的石头
它静静地躺在那儿
似听一首风浪与灯火伴奏的曲子
你曾说，石头象征爱情
书桌上的粉百合
不知不觉又落了几瓣
像无声流逝的青春
十点多了，夜于浓墨
冷，在肌肤和毛孔间流淌
我裹紧被子，闭上眼睛
试图像那块石头一样恬淡平静
耳朵却异常灵敏
入户门音乐开启
你在屋子里每个位置的脚步
花洒的水经由你身体滴落
从主卧到书房
你徘徊五次。推门三次
风，依旧万马奔腾

我努力做窗台的那块石头
然而，手机嘀哩一声
为什么，我依然会为你的一句话
决堤

盛装的孤独

旁边的座位空着
一直空着
女孩儿在弹吉他
旋律里的孤独从银幕里跳出来
一个人吃饭
一个人散步
一个人驾着被时间撞花的车
音响里喊着，一路上有你
我把分贝调到最大
从早晨到现在
我在努力适应某种状态
画面上，吉他女孩儿和妈妈的对白有力量
人一定要有梦想
不然，睡着和睡醒没什么两样
《神秘巨星》真不错
末了让人泪奔，场上唏嘘不已
就连旁边的空着座位也挤满了爱
独自坐在一群人中间，抹着泪
突然诠释了朝歌的经典诗句
“我的孤独里站满了人”

2018 假日心情

一、路过一条巷

巷的一面
是一片厚植被绿地
早晚路过，我像路的主人
后来，碎石、烂砖，很自然地主宰着生活的颜色
脚步堆砌在大小机器的轰鸣里
再路过，抬头楼盘嘴对嘴
低头商铺面对面
我像时光遗落的小丑
急匆匆地
没有绿意
我浑身不自在

二、再写，路过一条巷

离农历年很近了
这里有螺蛳粉、烧鹅、鲜果汁、澳门大包
洗衣、房产中介、修指甲、调整内衣
招牌下的卷闸门紧闭
也有几间还开着

有一家手擀面，陕西小师傅的老婆跑了
为了回哪儿过年，两口子吵翻
面团在他手里揉搓拿捏，或圆或扁
生活却不能

有一家养生馆，女主人网名叫蒲公英
她原是湖北人
后来是湖南人，现在是本地人
她的店门口不知何时多了一位闲坐的老妪
一直朝着远方张望
目光穿越水泥、大理石和陌生的人们
希望在天黑时，抵达沧桑的故乡

三、年

日子攒着攒着，省着省着
年，说来就来了
人类四处迁徙，为了团聚
弱小的生灵们
惊慌地四处寻找它们的伴侣或伙伴
钱的主人分秒不停地更换
美酒如烟花
统统装在年的胃里
年的胃有多大
它储存着所有人的青春

四、大年初一

东莞大道尽头，旗峰公园门口
车位已满。
园子里，新婚燕尔手牵手
孩童手里金红风铃滴溜溜
银丝闪烁笑盈盈
话语挨挨挤挤
东莞没有空城
这里年味取北方的饺子南方的馅，你侬我侬
耍杂技，卖唱的人沿路两排长龙
让我想起小时候
乡亲们去朝南岳都要换许多一分的零钱
少年用歌喉求钱医母，蓝天辽阔
大叔用半截双肢迎注目礼
低头专注地书写旗峰山的苍劲
我们用一元两元换一份坚韧
一路向前，向上
一鼓作气
登上旗峰山顶

五、散步

灯笼映在灯火里
矫健衬着佝偻影
老爸，抬起头来

老爸，腰杆子直起来
他从后面用手和身躯替他斧正
像小时候他扶他学走路一样
老爸直了
过了一会儿，又弯成了一张弓
他扶直了老人的腰
却扶不起岁月
因为岁月太重
我慢悠悠地走在他们身后
深深地呼吸
小区新春的夜空
满溢桂花香

六、过年

过年就是，有你陪着我
你的眉像盛开的兰花
一起做饭，走路，骑共享单车
在菜市场
我们讨论活蹦乱跳的鱼和虾
凭肉的成色教你辨认肥猪瘦猪
从菜贩脸上滴着青红紫白的汗水里看收成
不再艳羡前后左右。买了菜和水果有人提
我们一起逛街
你推着车，我东张西望

满街的年货金光闪烁
向我招手致意，呈上祝福
或给我的脸上贴一面祥和的大福
说一声，过年好！有人陪伴更好
然后，这样的情景又等一年

五个情人

月光栖在树梢
嫦娥对镜抚琴
一粒尘埃落在枕上
听我诉说
我有五个情人
第一个，会甜言蜜语，善做饭
第二个，会展眉微笑，善做饭
第三个，不用面子祭奠爱情，善做饭
第四个，不让眼泪在路上飞，善做饭
第五个，……
你用嘴捂住我的
一滴泪比尘埃更轻
月光照亮身后十八年的脚印
琴如岁月无声

家住 CBD

在沙田住了十年
在厚街住了六年
如今我住在西平
他们告诉我
附近有个汇一城
南城有步行街
不远的地方细村市场好逛得很
可我已经习惯于
去沙田补鞋
到厚街的康乐南路逛街
过年去虹桥市场买菜
那感觉，仿佛我依然年轻

无题

想来想去
唯要和你保持距离
却不成眠。夜钟敲了十二下
从书架取出一本三毛的《梦里花落知多少》
拭去榻榻米上的尘。躺下
才看第一篇《背影》
我就不由自主走向里屋
像是你下了一个巨大的磁场
而你翻个身，呼吸均匀
依旧不成眠。这如麻的爱情

周五

无非是阴雨晴天。过去的都很美好
我想说说现在。日头吮着工业区的铁皮西斜
宝塘东村宝塔大道 32 号
上天桥驶入环莞快速，用许多人喝咖啡的时光塞会儿车
西平，换乘地铁 2 号线
经鸿福路口、旗峰公园、天宝、下桥……
地铁是一个和时间赛跑的朋友
这样我可以更快抵达
茶山站 G 出口。迎面而来的“滴滴”
车窗播放着周末的风景
窗外。少妇接了和书包一样高的宝宝
校车停靠的地方，那一排火红的木棉树
也曾映红了当年的神韵
而今，生态园绿意盎然，亲切温暖
往后数年我将无数次抵达的地方
如同以前的每个周五
我在木棉树下等

路过青海湖

掀起你的面纱
你就激动落泪了
你知道。三千里路云和月
我只为你
多想见你水晶般灿烂的笑颜
即便在雨天
沉淀万年的翡翠玉，你的胴体
依然妩媚动人
草原是你的灵魂
放眼浩瀚的绿
潮声里争相拍照的人们
何其渺小
一群水鸟低飞，溅起水花
你依然恬静如初
我想深入你
却来不及抚触
你的冰凉和热情

从德令哈到察尔汗盐湖（组诗）

一

青海湖边
告别裸鲤和她的鸟群
我们又出发了
大西北行程总是在路上
路揣在来了的人和没来的人心上
伸出手，云朵亲吻我
头枕着白色的绵羊
摇下车窗，马粪粘着青草香
粗犷的风告诉我
家越来越远了

二

戈壁滩上
沙丘滚动着沙丘
小草垛满天星似的
延绵着生存的希望
地平线上有一汪绿
近了，更近了

好大一片绿洲湖泊啊
我的心跳了出来
我捡起来拭去沙尘
拥着小柴旦湖，我舍不得离开

三

别了，小柴旦湖
捎上你的倩影
我会把它种在南方的土地上
让东莞大道和环莞快速
每天都流淌着你的味道

四

天在湖里
湖在天上
天挽着湖的手臂
湖追着天的翅膀
站在湖边，我是你蓝色的衣裳
来到湖央，捧起你水晶的心房
想要感受盐湖美
就来察尔汗

无人区

格尔木去往大柴旦
土地上唯一的色彩
黄皮肤的黄，炎黄的黄
风是兴奋的。扬起沙粒献给远行的人们
我们是兴奋的。从珠江口走来
从长江以南走来
承载着十六个大人和二十九个孩子
比沙丘更多的念想
路，很长很长
伙伴们都是牛人
女神刘英说想一脚油门二百迈
大众爸爸说要偶遇一个外星人
粤赣的燕子，闽南的雀
南腔北调五颜六色
在粗犷的沙野纷飞
我们以风的速度、阳光的高度
筑起戈壁滩上的炊烟、河流、羊群和霓虹
走过无人区
走过一片一片白桦林
孩子们笑着笑着，戈壁滩就绿了

一瞬间

一天是多久，一瞬间
一年是多久，一瞬间
一千年是多久，一瞬间
从十六国到鸟巢
从丝绸之路到二维码支付
从盛唐美人到今日黑脸
从反弹琵琶到小苹果
从南粤到西域
只在一瞬间
一瞬间，凝练一首意蕴深长的诗
一瞬间，谱就一支悠远回旋的曲子
一瞬间，诞生一个永不泯灭的神话
一瞬间，演绎一篇天荒地老的爱情
一瞬间，我在河西走廊的沙海里
你，在我的眼眸里

魔鬼城偶遇

无人区
外星人遗址
南八仙
水上雅丹魔鬼城
你就是那九层妖塔
一层比一层诱人
原谅我没有更神秘的词汇带给你
而你，知道我自遥远的南方来
你听到我的呼吸就懂了我
呼啸着施展你的魅力
扭动腰肢跳起热舞
天和地都为你弹奏
每一个音符敲击在我身上
给予我原始的初夜般的疼痛
风吹着唢呐，这时候有人把你比作魔鬼
而我是幸运的。我没有裹紧纱衣蒙住头
我闭上眼睛张开双臂
任沙粒狂吻脸颊、颈项、腿根
在你疯狂的舞姿里寻找
你的朝霞满天
你的落日羞涩

油菜花

小时候，油菜花最美
我们稀罕的是菜油
是餐桌上的爱与哀愁
长大后，油菜花是办公室外
跳跃的音符
她张扬，性感
在桥头，等你
而今，我在三千里外
遇见一片海
翻滚着金色的浪花
哪一朵，是我未盛开的心结

人间

门铃响起，你嘴角上扬
打开门扑一个盐渍斑斑的满怀
牵起手来到你的厨房
陶瓷盅中正弹奏着星星和月亮
你替他卸去风尘，燃在灶上
以海参鱼胶的浓香
绘就他脸膛热腾腾的红光
望着他喝汤的样子
你就读不厌这样的时光
你和他的天空蓝浴缸，注满水
像春天一样多情
像夏天一样炽热
像秋天一样诗意
像冬天一样纯良
他，依然向往一次逃离
依旧迷恋窗外
那一抹开在罂粟花上的
血色霓虹

雨

站在屋檐下
雨纷纷扬扬，浇开了兰花
远处有光，照耀着在雨中奔跑的人
还有撑着雨伞在雨里唱歌或拥抱的人
我也想走出去
下楼到大堂门口，我又退了回来
这雨什么时候开始下，想起来了
七夕过后，雨似乎就没有停过

风过有痕

即使树叶铺满路面
你抬头看，绿依旧
或过不了多久又更绿了
有一天你发现院子里的紫丁香盛开
一趟旅行回来，花瓣却落了满地
有一条小路延伸着记忆的后花园
承载了你的泪水和歌声
后来却堆砌起崭新的楼宇霓虹
即使你坐在阳台上发呆
日升，月落，风过，星沉
有什么会为你停留
世间万物，我们能主宰的
是自己的心情。告诉自己
心亮的位置，青山还在

月光拂在机床上

恍惚之间才过了端午
大大小小的风
吹起黄叶落在我的碗里
就成了八月十五
每人写一首中秋
应应景
师父发话的时候
我正站在被台风掀了顶的厂房下面
抬头就望见了月亮，月亮也正在看我
歇脚几天的机器又响了，灯光是崭新的
照着一片忙碌的场景
那个被唤作老板的男人
他满身油污蓬头垢面
看着新鲜出炉的产品，眼都笑红了
粗糙的双手伸出来，就触着了月亮的脸

下班后

上班下班
偶尔相聚
他们聊木业，聊房地产，聊足球
也聊女人
管他来自南方还是北方
在东莞某镇工业区肺叶上的小阁楼里
玻璃杯里的洋酒和白瓷盅里的罗汉汤
一样的澄澈醉人
这样的时候，不用刻意揣摩
酒精中呈现的男人的精神世界
我喜欢听他们说当年
初来东莞
路过沙田遇见大片蕉林的喜悦
夜宿三屯巷夜半被吓醒的彷徨
我还喜欢听他们说
遇见一位善良又温柔的女人
虽然他们不是诗人
在东莞也见到一小块稻田

战场归来

散落的话语如伤口一样新鲜
有人留下烟盒，空了
像被掏空的心思弃在丝丝缕缕的烟味里
有光，却被无限的白和巨大的黑裹着
脑袋里翻滚着供应商维权群里如蚁的声音
你的二十几万。他的五十万。我的八十万
数字再怎么大。我也是一只蝼蚁
空气冰凉凉的
没有力气温暖这张椅子
只想一直坐在这里
听归巢的鸟儿叽叽喳喳

像个诗人

从办事大厅出来
又碰见刚才那小白狗和她的主人
她们才到门口
她花了十几分钟给她的红玛莎拉蒂寻位
她的妆容、风衣、靴子和背影
每一样都比时间精致
接下来，我又去了一趟银行
去了一趟春天照相馆
去了一趟宏图居委会
我脚蹬两轮碾在柏油路、井盖、拐角
风附和我，鬓角乱舞，衣边飞扬
怎么看都像个诗人

又登旗峰山

地铁如过年一样热闹
每个人脸上都写着向上
你们也去旗峰山吧
我们也登旗峰山哈
园子里，整个东莞都聚在了一起
山路小径挤满冒着热气的灯笼
处处见岗亭，点点有义工
免费的清香供你领取
免费的茶水也请随意
毫不费力地
我就被他们高高举起的红风车
撵上了山顶

朋友圈过年

朋友圈每天都是四季
终于过年了
地球方言都聚齐
还有你们的老屋
你们的乡亲父老，新郎官，小媳妇
我在你家的五谷六畜里
闻到蔬果甜甜草鱼香香
有人走在熟悉的石子路小柴巷
推开门，各家各户打糍粑，磨豆腐
灶锅里在弹吉他
有人端起来一碗糯甜酒
那是梦乡里最迷恋的味道
在你们点燃鞭炮的兴奋里
我已悄然回到故乡

石头

我在中国式旅游队伍里
品味千顶帽子，琢磨千种发质、气味
嗅觉尽失，总算来到这片海
最大的收获就是遇见你们
石头，石头
你们从哪里来
我从湘西南来。我从东莞或更远处来
却没有见过这样多的你
把你放在手心里
便想象成绽放的玫瑰、烟花或誓言
浪花迎上来
我更愿意你就是餐桌上的土豆饼和薯条

在骑楼老街

在骑楼老街
把自己想象成一位民国女子
相比满洲里的灯火
我更喜欢这里的老味儿
城墙可以更老一点儿，灯笼就更亮了
我的眼睛也会变得更加明亮
一回头，在古色阑珊处
遇见年方十八的自己

又到端午时

我们围坐在一起
孩子们抢着红包，七嘴八舌
他端详着，然后慢慢地像是开启一段尘封时光
一层一层褪去，他想触碰小时候的棱角。还有
那一抹透亮的黄和碱水的味道

端午的早晨，老妈已蒸好自制的五角粽
还有煮熟的大蒜头
挨个门窗都挂上新采回的艾叶条，门前洒上雄黄酒
老妈弯腰合掌的时候，满屋子的阳光都升腾起来
每逢佳节，他总是跟我说着过去的故事
我知道，他总是以这样的方式怀念母亲

光

每一次走到这里，我总是停下来
迎着大王椰轻轻扭转脖子
或蹲下来感受一下拉伸的疼
静，在自己长长的影子里流淌
老长老长。像小时候看完露天电影，迎着月光
长长的影子贴着长长的石子路
白天在电脑里翻滚的
灼眼的红色数字，也就甩得老远老远
端午过后天热起来
泳池里各种光，各种声音
把我的脚步搅得七零八落
手机里又跳出一则热点新闻，关于华为的
来到这一束光下，我说
泳池一开放把我的月光也撞碎了
你说，哪里有月光，这明明是路灯

在纽约过年

朋友去了纽约过年
回来后酒桌上的潮涨了一回又一回
今晚说起野鸽子
成群成群的白。每一根标杆下面都是鸽粪
孩子手里的烤面包轻易地被叼走
后来，人们为防鸽子繁殖
在鸽食里加入大量的避孕药
像洒水车一样洒在大街小巷
还有野鸡，和其他野动物，说不出名儿的和你并排走路
朋友说，纽约没有年味儿
在河边见了磨盘大的草鱼探出头来
倒是亲切得很
约了老乡的皮卡
两尾草鱼三十多斤
橱柜里只有橄榄油
第一餐怎么也不是那个味
开车到三十里外的超市
购得越南出口的花生油
穿梭在硕大的停车场
遥想着家乡水炖水库鱼的味儿
出神地走过身旁的车震

讲个故事

说到去年。一阵台风把我们的工厂掀了
我们在月光底下听机械旋转
太阳依旧升起
伤未痊愈，又接连被几个无良商家卷款跑路
一百多万。见到你很想说，太哥，挺住。却见你依然跟
　没事儿一样
你笑起来说，讲个故事吧
那一年你出门谋生
母亲拿出一个布袋，用穿不了的破裤子缝起来的，里面
　裹了十几层碎布
一双颤抖的手数了又数
母亲说这只鸡你要让它下蛋，蛋呢你要让它孵鸡
那时候你十七岁，头顶的日头青涩得很
跨过村庄，前方的路很长也很宽

等一个村庄

自从建哥哥回了树塘村
我们这个“坏人”群就生动起来
像一个村庄，有了日出和炊烟
你挎一个解放军书包走访田间
小路隐在茅草的尽头。被风吹得咯吱响的树皮屋
夏雷肆虐的傍晚，你担心村里的五保户
有力的文字敲在夜空，也敲在每一个村民的心上
被洪水挨个问候过的，还有瓜果秧苗
你头戴斗笠，泥水淌着汗水
太阳出来
你的果园、菜园又笑开了
清晨，你拍了乡亲们的笑脸
青的辣椒，白的豆角，沾着露水
我闻到了菜园的味道
我们都好喜欢
因为你带来了一个久远的，纯净的，安然的故乡

下班后

斑驳的阳光洒在长巷子，两面土墙
久远记忆里的一个场景
如今，大拖头的纸皮，板材，钢筋，钻地鼠似的小车见缝插针
车过巷子像过独木桥似的
石棉瓦屋檐下的风机旋转
分不清屋里屋外，谁是更幸运的人
向左，五百米直入莞太路
向右，跨宝塔路桥驶向环莞快速
不论哪条路回家
都是一场心灵的修行

猪肉三十三元一斤了
晚七点钟以后每隔半小时多打一折
前方如果没有这些闪烁的红眼睛
路就是一条冬眠的蛇
表盘上的时间牵扯着
车间里工人们的眉眼
我们可以不吃肉，但是他们不行

塞在车里的人又点燃一支烟
窗口焦灼的目光忽明忽暗
和昨晚排队抢肉的人一样
各怀心事

战争

你问我一个人去孤独吗
我去的是国贸
东莞最繁华的地方
你想，流水它孤独吗
雪花它孤独吗
生活也像流水一样，每天重复着向前
你也看到或触到它的皱褶
没错，那层层叠叠就像八十万撒在水面
就像今晚的我们
影子一样的我们。即使
脚印重复着脚印
呼吸连接着呼吸
然而，城市的路太硬　水太深
我们的身体要吞下千斤，心里要轻于羽毛
才能修成各自的风景

夜宿万绿谷

Y880，行驶三十公里
模拟导航像舞狮表演
比讨货款的路还艰险
柏油路还散着沥青味儿
风在树林间弹着曲，节奏明快
转几道弯，天路就呈一色了
虫鸟看见，松涛听见
没有多余的光
你紧握方向盘，紧盯匍匐的蛇
前方连续转弯，请慢一点
前方连续反向转弯，请慢一点
她语速不减。我不敢说话
你突然刹车
车灯丈量前方巨石落处，仅一厘米
你轻抚着我的心跳，说
以后多一点儿时间陪我出来走走

荆棘丛生的路上

这条路
我走了不算短的一段
起初，都还算平静地
走着，风拥挤得不成样子
像坛子里陈年的芥菜
脚边冒出来一汪黑水
原来是一个黑漩涡
糟糕，我怎么把黑潭当成了碧波
把毒药看成了七彩泡泡
说不出话。没有退路
我不知道用什么词形容自己。想哭
却没力气流泪
这时候有人从我身边跨了过去
他回过头来双手合十
“跨过来呀。使劲
你没看见高处的塔尖，金闪闪的
光芒无限吗
还有低处的千色花海，红艳艳的”
我朝着他手指的方向
看见，塔很高
花很远

市场，市场

你说，市场如战场
我看哪，连战场都不如
在战场死了
通透的那个血呀，是红的。真切。热烈
我说，市场就如当下的新冠病毒
瘟疫横行，邪魔乱舞
你在明处它在暗
像那一片毛玻璃
浑然不觉它已经把你攻击了
它若觊觎你的盘中物
瘟之箭便狠而准
躲不过也避不及
因为你在明处它在暗
它像细菌像雾霾像臭氧分子
你想说木与木，同根生
你想说真理
它举起生物武器

寻找春天的路上

爹去世三十年了
那时，弟两三岁
成年后，每次上山扫墓
心里总是许着各种愿望
一年一年，遍野的映山红开了又谢
谢了又开
爹的坟茔，一个土堆荒草疯长
我们总忙着更重要的事情
连上后山的路都荆棘密布了
直到这个春天
世界被困在小村庄
雇马拉石，开山辟路，请人刻碑
前天，弟拍了几组后山的视频和照片
爹的供桌后，碑身凛然，碑文铿锵
我头一次看见我的故乡
奔腾的青山
多么开阔

当我站在这里

你探头探脑的样子
镶嵌着我过往的模样
我俯下身子
即触到了自己骨头里的气息
这一片土地荒凉，贫瘠
无力支撑我橄榄色的梦想
但你赐予我爱与被爱的能力
笔直青山在血液里流淌
今天，我站在这里
一如杂草里破土而出的蕨菜
根系泥泞，不染纤尘

写给母亲

早晨的厨房叮叮当当
桌子上的红橙黄绿
把阳光装点得格外明亮
尽管他一直没说出口
“妈妈，母亲节快乐”
这个腼腆的孩子，比我高两头
一碗老家的糯米甜酒冲荷包蛋
我还想奢求他什么
这一刻，想起了我的母亲

村庄静悄悄的
流云诉说着孤单
晚霞轻裹着小女孩儿弱小的身影
她走到村口的老柚树下不敢再往前
朝小路张望的神情
夕阳和风都却步了
妈妈出门一整天了还没回来
天都快黑了

今天，有多久没见我的母亲了
视频里时常见
我安慰着自己
后来，我做了一个梦
梦里我寻回了，儿时依恋母亲的
那种心情

我老板的日常

这是一个大客户
样板房打了三次
设计师的心情像最近的暴雨
今晚再打不好样
大单就炒黄花菜
从车间到茶桌上
他们吐口水
你赔笑脸
雨下得忘了时间
饭点儿早已过
我只记得你胃不好
你跑进来说饿
我弄点儿吃的给你，才张嘴，电话又响了

我以为自己可以潇洒地转身

人间烟火里的暴风雨
一点儿不需要前奏
那么多人的酱醋柴米垢
一不小心就装满了
来不及洗刷腾空
心撞到刀尖尖的时候多半没有知觉
流血了，痛了
还要硬撑着往前一点儿

我再也不要和你一起捣腾
面对不想面对的人
接受不合理的事情
余生，我只要一小片干净的阳光
照亮我的心情和一条
放得下脚印的小路

包裹不要太沉
拾掇内衣内裤
任我小心克制

还是触着你的体温
把你送我的翡翠色睡衣丢进衣柜
又不舍地置入行李

那一刻，我希望自己是隐形的

山坳坳里的阳光白得刺眼
课桌上的新书散发着浓郁的油墨清香
抚触着崭新的封面
我几乎不忍打开它
生怕留下丝毫的折痕，它会疼
教室之外
风里突然传来声嘶力竭的哭喊
我的心瞬间绷紧了
紧接着老师走进来
“这新书我还是先收走吧
你继父和母亲为了书费
都打斗到学校操场了”

我们家的坡上是一棵桃树

今年夏天
回了趟老家
许多事物已深深植根于土里
无所谓熟悉或陌生
坡上的桃树叶子掉光了
记忆中成熟的桃子多半生虫
我依然喜欢吃
忘不了在树下仰望它们的样子
那年我九岁
拿了三好学生的奖状
欢天喜地地跑回家
门上一把锁
我就坐在屋脚的坡道上等
日头都躲到鸡笼里了
三婶背着篓子从后山回来
跟我说
妈妈带着弟弟陪爸爸去住院了
这时，黄昏的风吹落一颗桃子
青涩得很

风知道的事

每次吵架，我都说不给你当阿姨了
然而一回到家我就忍不住要收拾
修剪完两排花架上的尘埃杂碎
再逐一淋上水
夜，瞬间舒展了
来不及和它们说说白天的事情
沙发，茶几，木地板
用毛巾蘸上柠檬味的消毒水
二十八楼的风鼓吹着
这屋里的女主人

胡同

年轻的时候总是梦见自己有一双翅膀
飞呀飞
飞过高山，飞过高楼
那些曾经我追不上的同学都被甩在脑后
而今却总是迷失在胡同里
出口很多，巷子很深
每个出口都忽明忽暗
明亮时可见许多澎湃的脸庞
以及他们举过头顶的光环
可是却怎么也握不住那双手
昏暗的时候
星星之火都不见了
风比石头还要沉默

遇见

云烟，流水深处
俘获一双期待或惊喜的眼
在你四季如春的田园里
你虔诚地躬耕
你记得亲手种下的每一棵树
和它们向上生长的样子
树边的一株草，你曾给它一捧养料
树下的一抔土，你曾给它一米阳光
今天，有柔软的风
羽毛般的云彩
多年以后
你若记得
一个叫西平的地方
你来过

土壤

一个灰色的词闯进我意识里时
窗外已经闹腾了很久
我惊异于自己的麻木
她重复着，像咆哮的海
天空纷纷扬扬地
飘洒着许多灰色的、黑色的词语
和一些毒瘤的种子
记起那次和孩子去看心理医生
我的心颤了又颤
我想走出去对那个女人说几句
可她的神色令我却步

工荒一角

行囊与杯盏交替间
又一年
两个睡不着的老板聊天
他问他厂里工人来得怎么样
他说头一天看见宿舍门都开了
吃饭时间食堂坐了约百来个
第二天只有四十个在车间上班
另外六十个出门到处找工作去了
晚饭时间估计又会热闹一些

天亮了没有

玻璃像一块抹布趴在窗户上
什么也看不见
滴滴答答的雨声
抢占了冬日晨间青翠的鸟鸣
八千一百多个提案或建议
仍然没有一个声音
关乎青少年网络游戏瘾
我翻身起来
睁大眼睛竖起耳朵
是谁家讨厌的猫咪咿咿呀呀
重复演奏着婴儿初醒的声音

清明

老家门前梨花又开了
去年疫情也没有回去
你心里一直计划着
一只脚踏入四月
你的员工就一个个地
流水线上打个照面。心已经走远了

明天就是清明
满山坡的映山红都开了吧
辉映着门前的梨花白
今晚月色真美
白月光照在空荡荡的机房
你端起杯子
盛满三杯清酒
就着月色一杯敬爹，一杯敬娘

清泉听佛

啾啾鸟鸣
禅音，香烟缭绕，木鱼声声
我的思绪在念念心经里潺潺流淌
木鱼它甘愿被人敲击
蒲垫一辈子承受凡人的躯身、情绪欲望
每一件袈裟背后
他（她）的红尘是什么样的颜色
多么痛的领悟让他们遁入空门
人啊，置身什么样的位置重要吗
无论走一条怎样的路
都是一场虔诚的修行

从明天开始

最后，总有那么几个时辰
清醒如缝隙里那道亮光
除了懊恼时间
我还在心里默默地坚定地念着
从明天开始，从这一刻开始
梦想在一个个深沉夜醒着
脆嫩的鸟鸣和晨风轻润着我
我的柳叶腰
我的散发着油墨清香的诗集
我睡意蒙眬的姿态舒服得不行
白天几个杂七杂八的电话
两三起鸡飞狗跳的人事
吞噬着头顶的光，摧残着躯壳里的意志
天黑之后我告诉自己
瞧这一天忙的。明天再开始

最美夕阳红

南国许多地方飘雪了
东莞的早晨灰色，寒冷
街道上迎面走来的行人
是那穿枣红情侣装的耄耋
一抹齐眉跳跃的枣红抚平了岁月的沧桑
连他们头上的白发都散发着耀眼的光芒
擦身而过的瞬间
空气里都流淌着幸福的味道
我回头凝望
大爷牵起大妈的手过马路
示意她慢点，看车
他们已经走远了，我像是丢了什么
转身，迈开脚步朝他们的方向

好心情是良药

昨天去中医院看病
没怎么问切。开药的时候
他说：我开的药方里有一味最重要的药引，你一定要用
一定要记得放进去啊
见我顿生疑惑
又说，当下的老板都不好当吧
原来，从我一进门
他就望闻到了一种东西
或许叫病根

其实我并不想不开心
甚至都没有觉察到自己有什么不开心
怎么就写在眼睛里了呢
古今，真正的医者
他们透识民间疾苦
出门的时候，还嘱咐
记得啊，好心情是最好的良药

大年三十

破天荒，我是最闲的那位
三个大男人的厨房活色生香
大宝舞动锅瓢的姿势像海浪在阳光里打滚
老公打下手，
他系着围裙的样子比什么都好看
他正在给花螺一个个做按摩
还帮一群大虾理顺了胡须
二宝也帮不上啥忙
但是我希望他参与其中
我吃到最好吃的碌鹅
出自我家人之手
我突然想起抖音上那个卖飞饼的
许多人能把一件小事做到极致
孩子，你选定一个点向前，是可行的

忆往昔，东莞的年味儿在花市
前两天在网上看到好像元美路有
沿着元美公园转一圈
直到科技馆周边都没有花市的影儿

经过一家花圃
一溜儿的鲜花盆景娇艳养眼
只是缺少熙攘吆喝的烟火味儿
有人说花市在会展北路和元美东路交叉口上
我们又跑去了一趟
方方圆圆的还是没有那味儿
去到门口才见一小块纸片写着
花市已取消

还是去逛植物园吧
去年在新园那片花海徜徉
一路畅通进去了
这么顺！里面人这么少
哦，准是许多人回老家了
走过熟悉的风景和脚印
眼前光秃秃的枝杈重叠着
我记忆里的那片花海

电话在夜晚的角上响起

电话在夜晚的角上响起
我就知道一定是你
我叮嘱你穿多点儿衣服，天变冷别着凉
最后你才跟我说，明天就要一模考
啊，这么快
你的每一个阶段性时刻都让我恍惚
感觉不真实还患得患失
比如成人礼，以及刚过的十八岁生日
你捏着喉咙说，妈妈，我怕考不好
我没听清
你又说了一遍
那一刻，好多的话我不知道该说哪一句
千军万马在我的意识里乱闯
撞得我的词汇没有轮廓
不知道要怎样的话语才能传递给你力量
夜也变得出奇地静
我在自己的心跳声里扭转着时光的轴
要是你还是小时候该多好
每一次你向我求助

我总觉得自己无所不能
醒在岁月的河流里辗转反侧
我起身走到窗前，一颗流星划过天际
一束光点亮了黎明

眷恋一个被窝

三年过后的第一个小长假
我走路出游三次
每一次都有新鲜事
骑共享单车环游一次，计费 1.8 元
乘地铁经三站往返一次
当我孤独地走在路上
看见他们在景区山顶动弹不得
我就很想在旁边找个人搭讪
去往中心公园的路口段
我骑单车超越了一条长龙
我的后背碰撞到车窗里许多焦躁或羡慕的眼神
地铁上的人真不少
我侧着身找了个站位
听见他们在议论
某名山景点的游客赶不及下山
在厕所里过夜
我决定在下一站坐回头
从来没有像此刻眷恋我那柔软的被窝

紫贝壳后花园

自从有了那片园子
心情像行走在一路风景的旅程
久违的新鲜的惊喜连串碰撞
灵感就像撒在土地里圆的扁的种子
被春雷夏雨唤醒
同时被唤醒的还有爱恋
一颗一颗撑开枯躁的单调的壳
在晨露里破土萌芽
蹦跶蹦跶，一茬儿一茬儿地长

自从有了那片园子
我总要在熄了灯的夜晚
就着窗外几丝光欣赏你
长期裸露在阳光下的古铜色的肌肤
被草木枝杈划过的伤痕
扛锄头耙子磨起的老茧
我的指尖轻轻滑落在
你粗细分明的沟沟坎坎
心绪涨潮一样在身体里徜徉

1921，未了燕园情

像储存一坛陈年老酒
把每一次相聚囊括
把我们大声说的笑话、流着眼泪的笑容
都装进去

还有那次荒野特训
我们共同的汗水、信念、呐喊和哭泣
统统都装进去
还有那夜，南昆山的山歌多么嘹亮
我们的激情在山谷回荡
那时我们的情怀
正如我们一起追逐的山顶上初露的朝阳，清新明亮
正如那首歌一样，我们来自江南塞北，怀揣着相似的念想
在生活的平行线上碰撞
日子酸甜苦辣
生活风雨兼程
我们相聚，又别离
有一天，当你我满头白发
一双枯树皮的手颤抖着

小心翼翼地打开岁月深处沉淀的一坛老酒

那些尘封的比风花雪月更美好的印记
柔软，炽热。千丝万缕
在沟壑丛中一一绽放

饭局那些事儿

一、话题

一酒一话，水一样流淌
偶然震惊于一个
常常认为自己空灵的人
他的红尘痴恋
他就像他自己的矛和盾
喝到三两，有人拍桌
一场信仰与无神论的碰撞
你说明明很累了，却又飞起来
是佛度，是神的赋予
或许，那更多的是意念
是意念跳出你的躯壳
带着你飞
我在智者的嬉笑怒骂里
倾听生活的真谛
一些让人笑着流泪的笑话
化作平凡夜晚流动的音符
多想时光永不打烊

二、握手

相聚总有别
握手是为了下一次相聚
同样的握手，轻轻地
他的手如行云流水
你的手却似苍劲古松
来的人已经走远
我站在路灯下
在两个不同的触觉里翻腾
感受着两条不同的路
不一样的生活重量
他们都羡慕你的手
滑过多少雪肌玉脂
而我突然更懂了你滚动在额头的汗珠

三、早生贵子

它是一个祝福语
是华夏文明的起点
洞房花烛夜，人人都说：早生贵子
而对于不再年轻的我们
也欣然接受
它是每一次握手言别时的暗号
似乎有了这一句
每一次相聚都如初见

我的老家

此后，在同学们眼里
我的老家在广东
在这以前，似乎不是这样的

我出生后随父母住在宿舍楼里
幼儿园毕业，我住进了镇上的花园
我想再也不要搬家了
上初中那年，又搬到了市区
市区很好。我已住校
父亲有一个老家，在豫北
母亲有一个老家，在湘西
我的老家呢

是那片吞噬了父母青春的蓝格子
是那个装满哭笑咿呀的蜗居
是流水线上生长的一颗果实
是小镇柔软的阳光
是鹅卵石铺就的小径，踩疼了我的脚丫却留不下一个脚印

是大王椰树下的池塘，倒映着模糊又清晰的童年影像。还有我放飞的大眼鱼、笨乌龟、七孔船

我的老家呢
是父母的出生地？还是我的
或是入学档案记着的这个地方
亲切又陌生。寒来暑往
我想了又想
最熟悉的路，是周末通往补习班的方向

我的老家
蹉跎了悠长悠长的巷子
不见古韵萦绕的青石板路，袅袅婷婷的乳白色炊烟。风，吹停了麦浪
但一定有一盏永恒的温暖的灯

月光澄澈如水的时候

月光澄澈如水的时候
终于等到你
原本以为今年的中秋月没有往年圆
二十余天军训
收获是大地恩赐你古铜色厚重的礼
桌子上围满了团团圆圆
五仁，莲蓉，豆沙，榴莲冰皮，黑松露
似整齐的方阵从时代里走来
每一枚味蕾都透出期盼、想念和爱
刚才还说有点儿饿
回家了，话语管饱啊
蟹子鱼尾还齐齐朝你挤眉弄眼
感叹一桌子蜻蜓点水过的菜肴
撵时光跌进柔润的白玉盘里
回到从前。中秋节的前夜
小孩随妈妈坐在月光下剥毛豆
一直剥到深夜。手指都磨出了血
赶在鱼肚白时走十几里山路去街上
换一斤肉

一个月饼
回来过节
月饼是圆圆的五仁馅儿
每人分得一小块
我舍不得吃
第二天带着到学校
上课时禁不住味儿诱惑
低头咬了一小口
结果被老师发现了
咳！想那伤感的干啥
看！今晚的月亮多圆啊，光辉满满地流淌
像在尽情地吟诵盛世的繁荣景象